DER BERGISCHE KRIMI

1

Edgar Noske, 1957 in Schlebusch geboren, aufgewachsen in Wermelskirchen, lebt als freier Autor bei Köln. Sein erfolgreicher Debüt-Roman *Nacht über Nippes* erschien 1994 in der Reihe KÖLN-KRIMI *CLASSIC*.

Klaus Mombrei, 1956 in Remscheid geboren, aufgewachsen in Wermelskirchen, lebt als freier Autor und Übersetzer in Heidelberg.

Dieses Buch ist ein Roman. Handlungen und Personen sind frei erfunden. Ähnlichkeiten mit lebenden oder toten Personen sind rein zufällig.

Klaus Mombrei · Edgar Noske

Über die Wupper

Emons Verlag Köln

Umschlaggestaltung: Atelier Schaller, Köln
Umschlagzeichnung: Heribert Stragholz
Umschlaglithografie: HDL Repro-Service GmbH, Köln
Satzerstellung mit WordPerfect Textverarbeitung
Satzbelichtung: Stadt Revue Verlag GmbH, Köln
Druck und Bindung: Clausen & Bosse GmbH, Leck
Printed in Germany 1995

ISBN 3-924491-60-7

Für Norman

Edgar Noskes Dank gilt Gerlinde Meyer und Hildegard Noske. Ohne ihren Einsatz als Babysitter wäre dieses Buch nicht möglich gewesen.

Die CD »TUNE IN« von BOMBAY BLACK kann bestellt werden bei: Piotr Dudek, Hudeweg 8, 33102 Paderborn, Tel. 05251-34872.

ERSTES KAPITEL

Dienstag, 30. August

Zitternd krochen die Wischerblätter über die geteilte Frontscheibe des 57er Opel Blitz, als sei ein Duo arbeitsscheuer neunzigjähriger Fensterputzer am Werk. Der vom Regen angeweichte Schmutz verschmierte. Mit Tempo vierzig nahm der ausrangierte Krankenwagen die Steigung der B51 nach Strasserhof.

Durch das Seitenfenster kontrollierte Curd den Abstand zum Mittelstreifen.

»Am Berg schluckt die Karre 25 Liter«, sagte er und schaltete derart energisch zurück, daß sein satter Bizeps den Ärmel des T-Shirts zu sprengen drohte.

»Nochmal bunkern ist aber nicht«, sagte Chico, der auf dem Beifahrersitz lümmelte, die Stiefel gegen das Armaturenbrett gestemmt. »Unsere letzte Kohle ist im Tank.«

»Bis Wermelskirchen reicht's.« Curd deutete mit dem Kopf über die Schulter. »Was hat er?«

Chico warf einen Blick nach hinten, wo Max zwischen der verzurrten Anlage lag und zur Decke starrte. Regungslos wie ein geduldiger Patient, der bei der Außerdienststellung des Wagens vergessen worden war.

»Irmgard ist weg«, sagte Chico, tauchte nach vorn und begann, an den blanken Drähten des Cassettenrecorders zu fummeln. In den Lautsprecherboxen am Himmel der Fahrerkabine krachte es.

»Echt?«

»Nach Sri Lanka«, sagte Chico. »Mit diesem schwäbischen Quarkgesicht.«

Curds Gesichtsausdruck zeigte einen zarten Anflug von Ekel. »Sag bloß, dieser – wie hieß er noch – aus Böblingen?«

»Mathias!« Ärgerlich zerrte Chico an den Strippen. Das Pfeifen über ihren Köpfen signalisierte Stukas über Blecher. »Scheißding! Bringt ihr Bodysurfen bei. Zu Wasser und zu Lande.«

»Laß doch.« Curd warf einen mißtrauischen Blick auf den Zappler an seiner Seite. »Eigentlich kann er doch froh sein, daß sie weg ist. Ich hab sowieso nie begriffen, was er an der findet.«

Chico hielt inne und starrte verständnislos hoch. »Mensch, hast du ihr nie in den Ausschnitt geguckt?«

Curd räkelte sich. »Doch, aber abgesehen davon hat sie nur genervt.«

»Ist reine Gewohnheit«, sagte Chico und wandte sich wieder dem Drahtgewirr zu. »Wie alles.«

... where will it end,
where will it end ...

Der Recorder griff, und melancholische Klangfetzen pulsten durch die Membranen. Der Krach von Motor, Wolkenbruch und verzerrter Musik ging an die Schmerzgrenze. Der Blitz passierte die Abzweigung nach Altenberg.

»Was meinst du«, rief Curd, »ist der Bahndamm heute voll?«

»Klar!« Chico trommelte auf seinen Oberschenkeln. »Wenn wir kommen.«

»Ist aber Kirmesdienstag in Wermelskirchen. Feuerwerk und so.«

»Hör mal, wenn du zwischen 'nem Gig von uns und 'nem Liter Zunftplörre an der Bierbude am Schwanen wählen könntest, wo würdest du hingehen?«

Da eine Antwort auf sich warten ließ, blickte Chico zur Seite und sah gerade noch, wie Curd sich verstohlen die Lippen leckte. Kopfschüttelnd wandte er sich ab, um in der gleichen Sekunde wie elektrisiert senkrecht zu sitzen.

»Stop! Stop! Stop!« Hektisch wischte Chico die Seitenscheibe.

Curd ging vom Gas. »Was ist los?«

»Halt an, verdammt!«

Curd trat in die Eisen, daß der Blitz auf der nassen Piste ins Schlingern kam.

»Setz zurück!« rief Chico. »An die Haltestelle!«

»Ich kann hier nicht zurücksetzen, Birnemann.«

»Dann fahr auf den Bürgersteig.«

Der Blitz rumpelte über die Bordsteinkante, und Chico öffnete die Tür.

»Spinnst du?« sagte Curd. »Was soll das eigentlich?«

Die Antwort kam von Max, dessen Kopf plötzlich zwischen den Sitzen auftauchte.

»Wenn unser Bübchen so die Welle macht«, sagte er, »kann es sich eigentlich nur um eine Frau handeln.«

Langes blondes Haar, das ihr in feuchten Strähnen bis auf die Brust fiel. An der Halskette ein großer silberner Schmetterling. Das durchnäßte lila Samtkleid klebte an einem Standardkörper für Playboy Centerfolds. Lange volle Beine, lila Strümpfe. Doc Marten Schnürstiefel, verschmiert von nassem Lehm. Aber ihr Gesicht. Oval, sehr blaß, sehr jung, ungeschminkt. Ein Engel in Combat Boots.

Sie kletterte auf den Mittelsitz, und Chico gebärdete sich wie ein junger Hund, dessen Herrchen die Leine vom Haken nimmt. Aus Platzgründen landete sein linker Arm auf der Lehne hinter dem Mädchen.

Curd fädelte den Blitz wieder in den Verkehr ein.

»Ich kenne euch«, sagte das Mädchen. »Ihr seid Bombay Black.«

»Stimmt.« Chico strahlte. »Sag bloß, du hast uns schon mal live gesehen?«

»Im Bunker in Leverkusen.« Sie schüttelte den Kopf und versprühte feine Wassertröpfchen.

»Oh!« Chico verdrehte die Augen und kramte ein Päckchen Van Nelle aus der Ablage. »Ein Scheißgig. Die Betonwände schlucken sämtliche Vibes. Echt keine Akustik.«

»Ich fand's trotzdem gut. Drehst du mir eine mit?« Sie mußte niesen. »Habt ihr vielleicht ein Handtuch oder so was?«

Max fand ein leidlich sauberes und reichte es nach vorn. Curd drehte die Heizung hoch.

Nachdem das Mädchen sich die Haare einigermaßen trockengerubbelt hatte, fragte Chico: »Wie heißt du eigentlich?«

»Tanja.« Sie gab das Handtuch zurück, nahm mit beiden Händen ihre Haare hoch und steckte sie mit einer Spange fest. »Wohin fahrt ihr?«

»Nach Wermelskirchen. Ins AJZ.« Chico leckte über die Gummierung des Blättchens und reichte ihr die Zigarette.

»Spielt ihr da?« fragte Tanja.

Chico gab ihr Feuer. »Letztes Heimspiel vor unserer Tour. Interesse?«

»Klar. Gibt's denn noch Karten?«

»Groupies haben immer freien Eintritt«, sagte Chico zwinkernd und legte ihr den Arm um die Schultern.

Tanja verkrampfte unter der Berührung. Ihr Gesicht wurde kleiner und noch blasser, und der Mund mit den vollen Lippen verzerrte sich. Ein Schatten legte sich über ihre Züge. Sie zitterte. Doch das lag nicht an der Kälte.

Max entfernte sanft Chicos Arm und sagte: »Weißt du, Chico ist der Adoptivneffe von Rod Stewart. Da sind solche Sprüche im Erbgut verankert. Meint er nicht so.«

Der Recorder setzte wieder aus. Curd verpaßte ihm eins mit der Faust.

... where will it end,
where will it end ...

Tanja sagte nichts, verschränkte nur die Arme vor der Brust und rauchte hektisch ein paar Züge. Dann drückte sie die halbgerauchte Zigarette aus und legte die Hände auf die Knie. Alle Fingernägel waren abgekaut und standen mit ihrer fransigen Tristesse in seltsamem Kontrast zu den zahlreichen Ringen an den schlanken Fingern. Max gab ihr einen freundschaftlichen Klaps auf die Schulter und zog sich wieder auf seinen Platz zwischen der Anlage zurück.

Hübsch war sie ja, die Kleine. Aber was sollte diese Überreaktion auf Chicos Anmache und dieser verschreckte Blick? Zu verkrampft für ein Mädchen, das Max auf siebzehn, achtzehn schätzte.

Max schloß die Augen. Das Differential jaulte sein einsames Lied. Ohne noch einmal an Irmgard zu denken, schlief er ein. Zwanzig Minuten später rollte der Blitz am Bahndamm in Wermelskirchen aus.

Es hatte aufgehört zu regnen.

ZWEITES KAPITEL

... tonight the dragon flies
tomorrow the world will die
tonight the dragon flies
tomorrow the world will die.

Ein letzter splitternder Akkord ertrank im aufbrandenden Beifallsgebrüll. Einer der Beckenständer kippte vornüber, und Chicos schartiges Paistebecken rollte bis an den Rand der flachen Bühne. Einige Nimmersatte krakeelten nach einer dritten Zugabe. Geblendet von der weißen Härte des plötzlich aufflammenden Saallichts, beeilten sich Max, Chico und Curd, die Garderobentür zu finden.

Die Garderobe: vier fensterlose, mausgrau gestrichene Betonwände. Das Linoleum war von Brandflecken übersät. Zwei Neonröhren verbreiteten ein gemeines Licht. In der Ecke ein Karton voller schwarzer T-Shirts mit dem Schriftzug der Band.

»Gute Arbeit, Jungs«, sagte Theo König, der den einzigen Stuhl belegte. Für Mitte Vierzig war er recht gut in Form, nur sein Sonnenstudioteint wirkte in dem kalten Licht, als habe er Hepatitis.

»Wer hat dich denn hier reingelassen?« fragte Max, langte nach seinem Handtuch, das auf der Bank lag, und wischte sich den Schweiß aus Gesicht und Nacken.

König stand auf, stopfte die Hände in die Hosentaschen seiner Designerlederhose und lächelte, als sei Wahlkampf und er der Kandidat. Blendend weiße, briefmarkengroße Schneidezähne, zwischen denen das unvermeidliche Zigarillo klemmte.

»Ich muß mich doch um meine Schäfchen kümmern«, sagte er, wobei der Dannemann wippte.

Max bündelte seine langen braunen Haare, sicherte den Pferdeschwanz mit einem Gummi und sah sich um. »Hier muß irgendwo noch 'ne Dose Hannen stehen.«

»Hier«, sagte Curd und warf sie ihm zu.

Max setzte sich auf den Stuhl, streckte die Westernstiefel von sich und riß die Dose auf. Warmes Bier schäumte heraus. Er nahm einen langen Zug und wischte sich mit dem Handrücken über das Kinn. König stand mitten im Raum, noch immer lächelnd. Der Schatten, den er warf, entsprach seinem Format. Eins achtzig mal breit.

»So, so, Schäfchen«, sagte Max und sein Blick wurde starr. »Sollen wir etwa schon wieder zur Schur antreten?«

»Cool it down, man, cool it down.« Das Mundstück des Zigarillos knirschte zwischen Königs Zähnen. »Wir haben nun mal einen Vertrag. Und solange der läuft, fühle ich mich einfach verpflichtet, dabei zu sein.«

Kein Applaus. Dafür kam eine Selbstgedrehte von der Bank geflogen. Max fing sie auf, steckte sie zwischen die Lippen und zündete sie an.

»Weißt du was, Theo, vielleicht solltest du ein bißchen mehr Distanz wahren«, sagte er, nachdem er inhaliert hatte. »Sonst fällt dir nachher die Trennung zu schwer.«

»Nun mach mal halblang, Max«, sagte König. »Wie läuft's mit dem Verkauf der CD?«

»Danke.«

König räusperte sich. »Ich kenne da ein paar Jungs in Köln, Freunde von mir. Da könnte ich mal anklopfen.«

»Ach?« In Max' Augen schimmerte es, und mit einem weiteren Zug leerte er die Dose. »Allzeit bereit, auf einen fahrenden Zug zu springen.«

König überging das, fuhr sich statt dessen mit der rechten Hand durch die Dauerwelle und sagte: »Warm hier. Wie wär's mit 'nem kühlen Kölsch auf Kosten des Managers? Wäre auch 'ne gute Gelegenheit, ein wenig über eure Pläne zu plaudern.«

Max warf die Kippe in die Bierdose, stellte sie zur Seite und zog das verschwitzte Hemd über den Kopf. »In unseren Plänen spielst du keine Rolle mehr, Theo. Nicht mal eine Nebenrolle.«

Königs Lächeln wurde stufenlos matter, als spiele jemand am Dimmer. »Fein, fein, fein. Kaum habt ihr 'ne CD auf die Reihe gekriegt und selbst ein paar Buchungen eingefahren, schon habt ihr alles im Griff, ja? Braucht den alten Theo nicht mehr, was?« Er nahm das Zigarillo aus dem Mund und wedelte damit herum. »Und was ist mit den letzten drei Jahren? Schon vergessen? Dabei red ich nicht von Dankbarkeit, Jungs. Die kann man in dem Geschäft nicht erwarten. Aber Vertragstreue – die erwarte ich allerdings.«

Max stand auf, die Augen sehr schmal. »Vertragstreue! Was hast denn du in den letzten drei Jahren für uns getan? Von Klub zu Klub hast du uns gescheucht. Deine Klubs, vorzugsweise. Wir haben uns den Arsch abgespielt und immer hattest du deine feisten Finger mit in der Abendkasse.« Das Hemd flog in eine Ecke. »Seit einem Jahr erzählst du uns, daß wir nach Belgien fahren und da eine CD machen. Und dann die große Kohlenpott-Tour. Uns hattest du sie zugesagt, und mit wem machst du sie dann? Mit Aschgereit und seinen Hippen.« Max atmete scharf aus. »Wir haben die Schnauze voll von dir, Theo. Gestrichen voll.«

Max angelte sich ein Sweatshirt von der Bank.

König ließ grauen Rauch durch die Nase ab. »Max, ich bin Profi. Die Hippen spielen Mundart-Rock. Das läßt sich zur Zeit ausgezeichnet verkaufen. Guckt euch doch Brings an oder den von Goisern. Die füllen Hallen. In ganz Deutschland.« Er sog fest am Dannemännchen. »Aber ihr seid ja Künstler, und die Hippen sind Deppen. Wenn's so einfach ist, warum zeigt ihr's der Welt nicht und spielt endlich mal ein bißchen mehr Knete ein?«

Mit vorgestrecktem Kinn starrte König die drei herausfordernd an. Mehr denn je sah er aus wie ein Loddel, der fürs Müttergenesungswerk sammelt.

»Mundart-Rock.« Max spuckte das Wort aus. »Burger Brezeln um den Hals und dazu den alten Kaffeetafelrhythmus.« Seine Stimme war jetzt blanker, schneidender Hohn. »Und warum waren dann die Säle halbleer, von Duisburg bis Dortmund, als deine Mundarthippen losgelegt haben?«

König setzte an, kam aber nicht zu Wort.

»Ich werde es dir sagen«, fuhr Max fort. »Du hast die Pottveranstalter bei den Garantiesummen abgezockt. Hast richtig reingebuttert beim Konzert in der Elberfelder Stadthalle. Freibier und Eintrittspreise wie für's Kasperletheater der Wohlfahrt.« Zornig riß er sich das Gummi aus dem Haar und schüttelte wild den Kopf. »Und da haben die sich gesagt, was für 'ne Nachfrage, und haben die fetten Garantieforderungen geschluckt. Ich kann mir lebhaft vorstellen, wie die jetzt reagieren würden, wenn du denen Bombay Black anbietest.«

Max atmete einmal durch und sagte dann eine ganze Spur ruhiger:

»Es ist nur gut, daß der Pott auch für die Hippen gestorben ist. Nur ist der Aschgereit zu blöd, um das zu kapieren.«

Für einen Moment sah es aus, als wolle König darauf eingehen. Dann zog er es jedoch vor, sich Hände reibend den beiden anderen zuzuwenden. »Kommt, Leute. Mit mir läßt sich reden, das wißt ihr doch. Und schließlich sind da noch gewisse Verbindlichkeiten. Also, wie sieht's aus?«

Durch die mit Graffiti überzogene Garderobentür drang erstickte Musik. *Black hole sun, won't you come ...*

»Ich hab schon 'ne Verabredung.« Chico stand von der Bank auf. »Und die ist attraktiver als du, Theo.«

»Sag bloß, die kleine Blonde, die mit euch gekommen ist?« König griente. »Ist die nicht ein bißchen jung für dich?«

Breit grinsend legte Chico König den Arm um die Schultern. »Weißt du, Theo, für jemand, der sich seine Gespielinnen auf dem Schulhof angelt, ist die Frage einfach saublöd.«

Königs gerade wieder erblühtes Lächeln verwelkte von einer Sekunde auf die andere. Energisch schüttelte er den Arm ab. »Was wühlst du den alten Dreck wieder auf, hä? Ich bin damals freigesprochen worden, einwandfrei. Du erinnerst dich, ja?« Er schnaufte. »Außerdem war sie schon sechzehn. Nur eben etwas zurückgeblieben. In der Schule, mein ich.«

Chico zwinkerte seinen Freunden zu. »Na, dann habt ihr ja prima zusammengepaßt, old man.«

»Verarschen solltet ihr mich nicht, Leute«, zischte König, straffte sich und sah jetzt richtig böse aus. »Nicht einmal daran denken solltet ihr.«

Er ging zur Tür. Die Klinke in der Hand, drehte er sich noch einmal um. »Wenn ihr fertig gelacht habt, macht euch mal ein paar Gedanken über eure finanzielle Lage. Wir sehen uns, meine Herren.«

... to wash away the rain

Die Tür fiel ins Schloß, und die Heiterkeit der drei erstarb, als hätte jemand den Stecker gezogen.

»Wieviel schulden wir ihm eigentlich?« fragte Chico.

»Rund fünfundzwanzigtausend«, sagte Curd und stieg in seine Stiefel. »Abzüglich fünftausend Rücklage.«

Chicos Faust klatschte in die Handfläche. »Macht genau zwanzig zuviel.«

Max sagte nichts. Den anderen den Rücken zugewandt, nahm er seine uralte Lederjacke vom Haken.

Bevor er sie übergezogen hatte, polterte es an der Tür.

Die Tür schwang auf. Ein kleiner Mittdreißiger mit Geheimratsecken und fliehendem Kinn stand im Rahmen.

»Herzlichen Glückwunsch«, sagte er und strahlte, wobei er überlange Eckzähne zeigte. »Ein sauberer Gig.«

»Ein Lob der Fachpresse tut immer gut«, sagte Chico. »Komm rein, Arno.«

Arno trat ein, zog die Motorradhandschuhe aus und gab jedem die Hand.

»Wie wäre es mit einem Autogramm, Mr. Fonda?« Curd zupfte an den Fransen von Arnos Wildlederjacke. »Die Jacke zum Film *Born to be Arno*. Was macht die Harley?«

»Nächste Woche wird sie entdrosselt, dann geht endlich die Post ab.« Er zog ein Taschentuch aus der Hosentasche und wischte sich über die Stirn. »Schwer warm hier. Du hast einen neuen Baßverstärker, wie ich gesehen habe.«

»Glockenklang«, sagte Curd. »Ein geiles Teil. Haben wir heute nachmittag extra noch in Köln geholt.«

»Dann rollt ja der Rubel«, sagte Arno und steckte das Taschentuch wieder weg.

Die V-förmige Kerbe über Curds Nasenwurzel wurde eine Spur schärfer. »Auf Kredit, Arno. Nur auf Kredit.«

»Immerhin.« Arno nickte. »Kommt gut.«

»Schreibst du was?« fragte Max.

»Vielleicht ein paar Zeilen fürs Lokale. Aber eure Tour bring ich ganz groß.« Arnos Hände beschrieben das Format, das ihm vorschwebte. »Überregional.«

»Generalanzeiger?« fragte Max.

»Oder Rheinische Post. Je nachdem, wer mehr zahlt.«

»Ich zieh mal los.« Chico warf einen Kontrollblick in den halbblinden Spiegel neben der Tür und fuhr sich mit den Händen durch die flachsblonden Strähnen. »Tanja wartet. Bis später.«

»Und wer schleppt dein Ludwig zum Wagen?« fragte Max.

»Mach ich schon«, sagte Arno.

»Aber paß auf meine Schnückelchen auf«, rief Chico und zog die Tür ins Schloß.

»Worauf?« fragte Arno.

»Seine Snare-Trommeln«, sagte Max. »Auf geht's.«

Eine laue Nacht mit dem typischen Spätsommergeruch des Bergischen. Reif, mit einer Spur zuviel Herbst. Im Südwesten stiegen die letzten Raketen des Kirmesfeuerwerks in den Himmel. Farbenfrohes Fanal für das Ende des Sommers und den Beginn der botten Jahreszeit. Wie von einem nur hier heimischen Instinkt getrieben, strömten die Menschen an die Zapfhähne der Bierbuden und Kneipen, um sich Zuversicht für die kommenden melancholischen Tage anzutrinken.

Der Blitz stand unmittelbar an der ehemaligen Bahntrasse. Arno marschierte vorneweg. Konzentriert, als seien die beiden Holzsnares mit Nitro gefüllt. Mit etwas Abstand folgten Max und Curd. Beide schwer bepackt. Sie hatten den Blitz fast erreicht, als ein Pfiff sie stoppte. Chicos Silhouette winkte von der Ecke des Gebäudes.

»Was gibt's?« rief Max.

»Tanja«, rief Chico. »Habt ihr sie gesehen?«

»Wir arbeiten«, sagte Max. »Keine Zeit für Spielereien.«

»Ohne Quatsch«, sagte Chico und kam näher. »Sie ist weg. Verschwunden.«

Curd und Max grinsten unisono.

»Das amüsiert euch, was?« fragte Chico, als er sie erreicht hatte.

»Du wirst alt. Dein Charme bröckelt.« Max stellte den Gitarrenkoffer mit der Strat ab. »Ein armer alter Rock 'n' Roller ohne Weib und Kind. Und jetzt laufen ihm auch noch die Groupies weg.«

»Saukomisch.« Chico zog einen Flunsch. »Wirklich saukomisch.«

Arno kam ein paar Schritte zurück. »Wie sieht sie denn aus?«

Chico beschrieb sie kurz und gestenreich.

»Die hab ich vor eurem Gig gesehen«, sagte Arno. »Vorne, am Tresen. Da hat sie Cola getrunken.«

»Da wollte sie ja auch auf mich warten«, jammerte Chico. »Ich kapier das nicht.«

»Vielleicht sitzt sie auf dem Pott«, sagte Curd.

»Nee, da war ich schon. Ein paar interessante Einblicke, aber keine Tanja.«

»Sie wird schon nicht einsam sein.« Max klemmte sich den Koffer wieder unter den Arm. »Komm, kannst dich nützlich machen. Mach uns die Türen auf.«

Chico trottete zum Wagen, betätigte den Riegel und zog die Flügeltüren auf. Erst die rechte, dann die linke. Dann setzte er einen Fuß auf die Ladefläche, um sich hochzustemmen. Und prallte zurück, als habe er an ein ungeerdetes Mikro gefaßt. Mit weit aufgerissenen Augen stolperte er rückwärts, bis er gegen einen der blauen Schuttcontainer stieß.

»Was hast du?« fragte Max.

Chico sperrte den Mund auf, brachte aber nur ein Würgen zustande. Zitternd deutete er auf den Blitz.

Max ließ den Gitarrenkoffer fallen, sprintete zum Wagen und stieß dabei Arno zur Seite. Die Schnückelchen rollten über den Asphalt.

Tanja.

Sie lag quer im Laderaum. Die Hacken ihrer Doc Martens zusammen, die Stiefelspitzen nach außen. Die Strumpfhose war über die linke Hüfte etwas nach unten gerutscht. Ansonsten war sie nackt. Die Arme dicht am Körper. Die Handflächen nach oben. Ihr Kopf ruhte auf dem rechten Radkasten und war nach links verdreht. Sie starrte Max an, erkannte ihn aber nicht. Sie würde nie wieder irgendwen erkennen.

Sie war tot.

Woran sie gestorben war, sah Max erst, als er die Laderaumleuchte einschaltete. Aus der linken Brust des Mädchens ragte der Griff eines Messers.

Fatalerweise kam ihm das Messer bekannt vor.

VIERTES KAPITEL

Mittwoch, 31. August

Das marmorverkleidete Bürger- und Begegnungszentrum Wermelskirchens. Einer jener protzigen, stillosen Verwaltungstempel, mit denen größenwahnsinnige Stadtväter seit den 70ern Kerben in die querköpfige Individualität ihrer wehrlosen bergischen Städtchen schlugen.

Die Kripo residierte im Obergeschoß der Polizeiwache, die den Marmorprotz gegen den Parkplatz des Kaufhauses Nickel abschirmte. Strapazierfähige Auslegware, abwaschbare Wände. Beschichtetes Mobiliar, das einen Tritt aushielt. Die Deckenleuchten spiegelten sich in den Fensterscheiben. Jenseits der Fenster lauerte die Nacht.

Max gähnte und sah zum x-ten mal auf die Wanduhr. Fünf vor drei. Seit eineinhalb Stunden saß er sich Schwielen an den Hintern und bearbeitete seine Fingerkuppen mit Spucke und Taschentuch. Verdammte Stempelfarbe. Der junge Uniformierte, der ihm Gesellschaft leistete, grub mit einer Büroklammer nach Ohrenschmalz.

»Wird es noch lange dauern?« fragte Max.

»Wir kriegen Bescheid«, sagte der Schupo und förderte einen gewaltigen Pfropfen zutage, den er neugierig begutachtete. Wie ein Biologiestudent, der seine erste Hummel untersucht.

Fünf Minuten später war es soweit.

Sie waren zu dritt.

Hinter dem Schreibtisch mit dem Tonband saß der Magere, den sie aus Köln gerufen hatten. Er hieß Ullmann, hatte Tränensäcke wie Horst Tappert und Zähne, die einem Zahnarzt einen verschwenderischen Lebensabend an der Côte d'Azur bescheren konnten. Max schätzte ihn auf Mitte Fünfzig.

Den rückwärtigen Teil des Raums sicherte der Beamte in dem Wildlederblouson, der als erster am Tatort gewesen war. Er saß mit halbem Hintern auf der Fensterbank, hieß Körschgen und gehörte zur lokalen Kripo.

Der dritte im Bunde war der junge Assistent mit dem Skinhead-Schnitt, dessen Hals dicker war als der Kopf. Ihn hatte Ullmann mitgebracht. Er lehnte an der Wand, kaute Kaugummi und übte, gemein auszusehen.

»Setzen Sie sich«, sagte Ullmann.

Zwei Stühle standen zur Auswahl. Max nahm den linken.

Ullmann schaltete das Aufnahmegerät ein. Dann begutachtete er durch die vorgeschobene Lesebrille den eingeschweißten Ausweis.

»Ihr Name ist Hellenrath, Max? Geboren am 5.7.58 in Burscheid? Staatsangehörigkeit deutsch?«

Max bestätigte dreimal.

Der Ausweis wurde gewendet. »Wohnhaft in Höhe, Wermelskirchen-Dabringhausen?«

Max bestätigte erneut.

»Größe eins achtundsiebzig, Augenfarbe blau.« Das waren Feststellungen. Ullmann blickte auf. »Gewicht?« Er spitzte den Mund. »Ich würde sagen – schlank wie Sie sind – siebzig Kilo.«

»Auf's Gramm«, sagte Max.

Das freute den Kommissar, wenn auch nur kurz. Er legte den Ausweis zur Seite und entfernte die Brille. Müde, tiefliegende, aber eisenharte Augen fixierten Max. Max nahm das nicht persönlich. So guckten sie eben.

Dann gab Ullmann sich mit einem Nicken selbst den Startschuß. »Sie sind also der Sänger der Gruppe ...« Fehlstart. Die Lesebrille mußte wieder her. Ullmann suchte nach einem Zettel.

»Bombay Black«, kam es von der Fensterbank.

»Bombay Black«, wiederholte Ullmann gedehnt, als sei der Name ein Code, den er noch zu knacken gedenke. »Sie haben also gemeinsam mit Ihren beiden Kollegen und dem Reporter Arno ...«

»Klesper«, soufflierte Körschgen.

»... Klesper die Ermordete gefunden.« Ullmann spielte mit den Bügeln seiner Brille. »Schildern Sie uns doch noch einmal kurz, wie das vor sich ging.«

Max zeigte auf Körschgen. »Das habe ich schon Ihrem Kollegen –«

»Ich weiß«, sagte Ullmann. »Trotzdem.«

Also wiederholte Max seine Aussage. Knapp, aber ohne Auslassungen. Ullmann verfiel dabei in ein Dauernicken. Als Max zum Ende gekommen war, herrschte kurzzeitig Schweigen.

Dann sagte Ullmann: »Fein. Das deckt sich im großen und ganzen mit den Aussagen der anderen. Bleiben nur noch einige wenige Punkte zu klären.« Sein Blick schoß sich wieder auf Max ein. »In welchem Verhältnis standen Sie zu dem Opfer?«

»In keinem«, sagte Max.

»Das heißt, Sie haben die junge Frau erst gestern kennengelernt?«

Max nickte.

»Antworten Sie laut, wegen des Tonbandes.«

»So ist es«, sagte Max.

Ullmann griff nach einer Heftmappe, blätterte ein wenig und fragte dann: »Kennen Sie das Haus Pastor-Löh-Straße sechzehn in Burscheid?«

Max zuckte die Achseln. »Sagt mir nichts. Warum fragen Sie?«

»Dort hat Tanja Werner gewohnt«, sagte Ullmann und räusperte sich. »Beschäftigt war sie im Praktiker-Baumarkt in Burscheid. Kennen sie den?«

»Ich heimwerke eher selten.«

»Das beantwortet nicht meine Frage.«

»Nein.«

Ullmanns Brauen nahmen den Lift. »Das ist erstaunlich.« Er fischte einen losen Zettel aus der Heftmappe. »Das haben wir nämlich in Ihrem Fahrzeug gefunden. Wissen Sie, was das ist?«

Max beugte sich vor, und Ullmanns Hand kam ihm entgegen. Übrig blieb ein knapper halber Meter.

»Könnte ein Kassenbon sein«, sagte Max.

»Volltreffer«, sagte Ullmann. »Und wissen Sie, wer den ausgestellt hat?«

»Sagen Sie bloß, dieser Praktiker-Markt?«

»Exakt.« Ullmann zeigte ein Geisterbahngebiss. »Haben Sie eine Vorstellung, wie der Bon in Ihren Wagen gekommen ist?«

Max schüttelte den Kopf. »Keine Ahnung. Außerdem gehört der Blitz nicht mir, sondern der Band. Und ab und zu wird er sogar verliehen. Fragen Sie Curd und Chico, vielleicht wissen die –«

»Haben wir bereits. Negativ.«

Max seufzte. »Was steht denn drauf? Welche Artikel?«

Ullmann hielt sich die Brille vor die Augen, ohne sie aufzusetzen. »Vier 25-Liter-Gebinde Wandfarbe, zwei Lammfellwalzen, Tesa-Krepp, Moltofill und –«

»Schon gut.« Max winkte ab. »Ich weiß Bescheid. Meine Freundin … meine Ex-Freundin. Wir haben das Erdgeschoß gestrichen.«

Ullmann ließ das einen Moment auf sich wirken, dann nickte er. »Fein. Damit wäre der Punkt geklärt.« Er konsultierte kurz den Hefter. »Der Fundort der Leiche ist auch der Tatort, soviel steht bereits fest. Haben Sie eine Erklärung, Herr Hellenrath, was das spätere Opfer dazu veranlaßt haben könnte, das Fahrzeug aufzusuchen?«

»Ihr Kleid war naß«, sagte Max. »Ich glaube, Chico hatte ihr gesagt, im Wagen lägen trockene Klamotten, die ihr passen könnten. Vermutlich wollte sie sich umziehen.«

»Hm.« Ullmann schob die Unterlippe vor. »Etwas anderes. Wir haben in der Umhängetasche der jungen Frau knapp zweitausend Mark in bar und jede Menge Schmuck gefunden. Wußten Sie davon?«

»Das ist mir neu.«

»Finden Sie das nicht sonderbar?«

»Die ganze Geschichte ist sonderbar. Und schrecklich.« Max zog den Van Nelle aus der Hosentasche. »Haben Sie etwas dagegen?«

»Solange Sie sie nicht anzünden, nicht«, sagte Ullmann und stützte sich mit den Unterarmen auf die Schreibunterlage. »Andere Frage: Haben Sie bemerkt, ob das Opfer eine Halskette trug?«

»Ja. Mit einem auffälligen Anhänger.«

»Interessant. Können Sie uns den Anhänger beschreiben?«

»Ein Schmetterling.«

»Etwas genauer, bitte. Welche Größe? Welches Material?«

»Etwas größer als Ihre Armbanduhr. Das Material? Keine Ahnung. Vielleicht Silber. Sah zumindest so aus. Ist das Ding verschwunden?«

Ullmann nickte so knapp, daß es kaum wahrzunehmen war.

»Ein blutunterlaufener Striemen im Genick des Opfers deutet darauf hin, daß die Kette abgerissen wurde. Gefunden haben wir sie beziehungsweise den Anhänger bis jetzt allerdings nicht.« Ein Hüsteln. »Kommen wir zur Tatwaffe. Das Messer gehört Ihnen?«

»Wenn Sie damit meinen, daß ich es gekauft habe, ja«, sagte Max. »Wenn Sie damit meinen, daß ich es ständig mit mir herumtrage, nein.«

Ullmann setzte an, aber das Telefon kam ihm zuvor. Er hob ab, hörte einen Moment schweigend zu und legte wieder auf. Auf ein Handzeichen hin verließ der Skinhead den Raum.

Nachdem die Tür lautlos ins Schloß gefallen war, sagte Ullmann: »Da Sie das Messer, wie Sie sagen, nicht ständig mit sich führen, wo befindet es sich normalerweise?«

»Beim Werkzeug«, sagte Max, und als er Ullmanns fragenden Blick bemerkte: »In dem ehemaligen Sanitätskasten. In dem liegt unser gesamtes Werkzeug.«

»Dort lag es auch gestern abend?«

»Vermutlich.«

Der Skinhead kam zurück und überreichte Ullmann einen gelben Zettel. Dann lehnte er sich wieder an die Wand und grinste.

Ullmann überflog die Nachricht. Der Blick, den er anschließend über den Schreibtisch schickte, war von einer neuen Qualität. Brennend, daß es fast weh tat. Obwohl er zum ersten Mal so etwas wie Unbehagen spürte, hielt Max Ullmanns Blick stand.

»Der Laborbericht«, sagte Ullmann, und seine Stimme stand seinem Blick in nichts nach. »Auf der Tatwaffe wurden ausschließlich Ihre Fingerabdrücke gefunden, Herr Hellenrath. Ich fürchte, dafür sind Sie uns eine Erklärung schuldig.«

Das fürchtete Max allerdings auch.

»Handschuhe«, war das erstbeste, das Max einfiel. Er schlug die Beine übereinander, was den Skinhead veranlaßte, reflexartig alle Muskeln anzuspannen, als beobachte er die Vorbereitungen für einen Fluchtversuch. »Der Täter wird Handschuhe getragen haben.«

»Das würde vorsätzlichen Mord bedeuten«, sagte Ullmann.

»Oder Einbruch«, sagte Max. »Bei uns ist zwar nicht viel zu holen, aber das kann ein Autoknacker ja nicht von vorneherein wissen.«

»Sie denken also, jemand brach in Ihren Wagen ein und traf dabei unerwartet auf die junge Frau?«

»Zum Beispiel«, sagte Max und spielte mit dem Klebeverschluß des Tabakpäckchens. »Aber das ist Spekulation.«

»Allerdings.« Ullmann baute mit den Fingern ein Dach, über das er Max anstarrte. »Beschäftigen wir uns doch noch einmal mit dem Ablauf des gestrigen Abends. Wann genau haben sie Tanja Werner zum letzten Mal lebend gesehen?«

Der Klebestreifen klebte nicht mehr. Max verstaute den Tabak wieder in der Hosentasche. »Kurz vor dem Konzert. Sie hatte uns beim Aufbau geholfen. Danach standen wir zusammen an der Theke. Aber nur kurz, auf ein Bier. Ich bin dann zur Toilette gegangen und hab anschließend noch mal die Anlage gecheckt.«

»Das war um wieviel Uhr? Ich meine, als Sie die Theke verließen.«

Max streckte seine uhrlosen Handgelenke vor, was den Skinhead zu einem abfälligen Grunzen animierte und ihn den korrekten Sitz seines frikadellengroßen Tiefseechronometers überprüfen ließ.

»Sie werden doch eine gewisse Vorstellung haben«, sagte Ullmann.

Max schob die Lippen vor. »Vielleicht um acht.«

»Und um wieviel Uhr begann Ihr Auftritt?«

»Soll ich mir wieder etwas vorstellen?«

»Ich bitte darum.«

»Zwanzig nach acht, halb neun.«

Die Tür flog krachend auf, und ein weiterer Ziviler stürmte herein.

»Was ist denn?« knurrte Ullmann.

Der Zivile beugte sich hinab und flüsterte Ullmann etwas ins Ohr. Was auch immer es war, Ullmanns Züge verrieten es nicht.

»Schaffen Sie ihn her«, sagte Ullmann schließlich.

Der Zivile verschwand.

Nachdem Ullmann ein paar Sekunden versonnen vor sich hingeblickt hatte, straffte er sich plötzlich, starrte Max an und sagte mit einer Stimme, die direkt aus dem Tiefkühlfach kam: »Nun sitzen Sie aber wirklich in der Scheiße, Herr Hellenrath. Bis Oberkante Unterlippe.« Dazu machte er eine entsprechende Geste.

»Auf einmal?« entgegnete Max amüsiert. »Haben Sie etwa einen Zeugen, der gesehen hat, wie ich das Mädchen erstochen habe?«

Ullmann sagte keinen Ton, starrte Max nur an. Max starrte zurück. Ein Duell der Blicke. Ullmann gegen Max. Grau gegen blau. Bis Max auf einmal kapierte, daß er mit seiner Frage voll ins Schwarze getroffen hatte. Augenblicklich wurde ihm flau.

»Das ist unmöglich«, stammelte er.

»Was?«

»Das jemand so etwas gesehen hat.«

»Warten Sie es ab.«

Als die ersten schwarzen Punkte vor seinen Augen zu tanzen begannen, spürte Max einen schwachen Luftzug. Die Tür. Sohlenkratzen auf dem Filz. Der Zeuge wurde hereingeführt.

Knapp zwei Meter und schlaksig. Blonde Strähnchen im braunen Pilzkopf. Jeansanzug mit Stickereien im Paisley-Muster. Stiefeletten mit Messingspitze. Ein Anblick, an dem Max fast erstickte.

Breitbeinig baute der Lange sich auf, hakte die Daumen in den Hosentaschen ein und grinste, als gäbe es gleich Geschenke.

»Sie kennen sich?« fragte Ullmann.

»Tagchen, Max«, sagte der Lange.

Max konnte nur kraftlos nicken.

Der Zeuge war niemand anderes als Andy Aschgereit, der Sänger der Hippen und das größte Arschloch, das Max kannte.

Aschgereit bekam den Stuhl neben Max zugewiesen. Max rückte etwas ab.

»Aschgereit, Andreas«, las Ullmann von einem Formular ab, das der Zivile ihm auf den Tisch gelegt hatte. Dann faltete er die Hände und spitzte den Mund, als wolle er flöten. »Herr Aschgereit, teilen Sie uns doch bitte mit, was Sie am vergangenen Abend beobachtet haben.«

»Kein Problem, Chef«, sagte Aschgereit. »Ich hab gesehen, wie Max und die Blonde in dem Bus rumgemacht haben.«

»Das ist nicht wahr«, sagte Max. »Ich –«

»Seien Sie still!« fuhr Ullmann ihn an. »Sie reden nur, wenn Sie gefragt werden.« Er nickte Aschgereit zu. »Bitte von Anfang an und etwas detaillierter.«

Aschgereit rieb seinen Nasenrücken. »Also, Max stand am Tresen, 'n Alt in der Hand. Zusammen mit der Blonden. Die trank Cola.«

»Das war um wieviel Uhr?« unterbrach Ullmann.

»Fünf vor acht«, sagte Aschgereit postwendend.

»Das wissen Sie so genau?«

»Klar doch.« Aschgereit tippte auf seinen digitalen Ticker. »Läuft wie 'ne Atomuhr.«

»Erzählen Sie weiter.«

»Nix weiter. Die standen einfach da.« Aschgereit schnaufte. Polypen. Das, was seinem Gesang den einzigartigen nasalen Touch verlieh. »Ich bin dann erst mal raus, einen durchziehen. Und auf einmal –«

»Einen durchziehen?« fragte Ullmann. »Was soll das heißen?«

Es dauerte einen Moment, bis Aschgereit begriff, was er da geplappert hatte. Dann fiel ihm die Kinnlade runter und mit flatternden Lidern blickte er vom einen zum anderen. Schließlich landete sein Blick bei Max.

Max nickte hilfsbereit.

»Er meint, Haschisch rauchen«, sagte er.

»Du Arschloch!« zischte Aschgereit. Dann sagte er hastig: »Natürlich nicht. Ich hab da einfach 'ne Kippe geraucht. Reiner Tabak. Total normal.« Er schluckte heftig.

Ullmann schien sich zu amüsieren. »Machen Sie weiter im Text.«

Aschgereits Adamsapfel hüpfte erneut. »Also, ich geh dann hinters Haus und was seh ich da? Sind doch zwei in Bombays Karre zugange.«

»Wie konnten Sie das erkennen?« fragte Ullmann. »Es war doch stockfinster.«

»Die hatten hinten drin die Lampe an.«

»Sie meinen, die Fahrzeuginnenbeleuchtung brannte?«

»Genau, Chef.«

»Und Sie konnten erkennen, um wen es sich bei den zwei Personen handelte?«

»Sicher. Die haben zwar bald die Lampe ausgemacht, aber ich konnte erkennen, wer es war.« Aschgereit drehte sich zur Seite und zeigte auf Max. »Der und die Blonde.«

»Du stinkendes Lügenmaul!« Max stieß Aschgereit gegen den Oberarm. »Was kriegst du dafür, daß du so einen Mist verbreitest?«

»Pack mich nicht an!« Aschgereit rückte ab, soweit es die Sitzfläche zuließ und sah hilfesuchend zu Ullmann. »Darf der das?«

»Unterlassen Sie das«, knurrte Ullmann. »Sonst lasse ich Ihnen Handschellen anlegen.«

Skinhead schnaubte und scharrte in seiner Startbox.

»Ist Ihnen sonst noch etwas aufgefallen?« fragte Ullmann. »Waren vielleicht Geräusche zu hören, die auf ein Handgemenge schließen ließen, oder haben Sie einen Schrei gehört?«

»Nee«, sagte Aschgereit. »Kann ich nicht mit dienen. Ich bin dann ja auch wieder weg.«

»Aber festhalten können wir, daß Sie Herrn Hellenrath eindeutig erkannt haben?«

»Logo«, sagte Aschgereit und grinste Max feist an. »Der ist ihr an die Wäsche.«

»Du Scheißkerl!« Max sprang auf und riß Aschgereit am Kragen hoch. »Von dir laß ich mich nicht in die Pfanne hauen. Los, spuck's aus! Wer hat dich angestiftet, so herumzulügen?«

Aschgereit kreischte, als sei Damenwahl beim Tuntenball. »Nimm die Pfoten weg!«

Max schüttelte ihn. »Mach's Maul auf!«

»Aufhören!« brüllte Ullmann und schlug auf den Tisch. »Becker, machen Sie diesem Blödsinn ein Ende.«

Der Skinhead war mit zwei Sätzen bei Max, drehte ihm die Arme auf den Rücken und ließ es klicken. Die Handschellen schnitten ins Fleisch. Wütend riß Max sich los, fuhr herum und trat zu. Er erwischte den Skinhead mit der Stiefelspitze knapp unter der Kniescheibe. Ein Treffer, aber ohne Wirkung. Der Skinhead grunzte nur und verpaßte Max einen Handkantenschlag aufs Ohr. Nicht hart genug, daß er die Besinnung verlor, aber es reichte, um die Glocken läuten zu hören und den Rest der Veranstaltung nur noch bruchstückhaft mitzubekommen.

Aschgereit mußte irgend etwas unterschreiben und wurde entlassen. Dann telefonierte Ullmann. Worte wie »Staatsanwalt« und »Haftrichter« fielen. Und dann kam das Schrecklichste. Irgendeine Stimme sagte: »Ab nach Ossendorf.« Max wurde schlecht.

Kotzen mußte er erst, als er in der grünen Minna saß.

SECHSTES KAPITEL

Donnerstag, 1. September

Sie entließen Max in die pralle Sonne des frühen Nachmittags. Der Jahreszeit zum Trotz war die Hitze massiv wie ein Amboß. Hinter der Mauer brütete die JVA Ossendorf.

Der flaschengrüne Jaguar wartete auf dem kleinen Parkplatz rechts vom Ausgang. Auf dem Kühler saß Chico, ließ die Beine baumeln und legte letzte Hand an eine Selbstgedrehte. Über das heruntergekurbelte Beifahrerfenster lugten die blanken Insektenaugen eines Ray-Ban-Imitats. Darunter dunkle Bartstoppeln und ein Grinsen, das schwer nach einem 48-Stunden-Kater aussah. Curd.

Ein paar Meter neben dem Wagen stand Theo König. Mit weit ausgebreiteten Armen wie Herr Jesus auf dem Zuckerhut. Ein Erlöser im weißen Denimanzug und mit Panamahut.

»Willkommen, Max!« rief er.

Max ignorierte ihn, ging statt dessen zu Chico, der von der Haube rutschte, und klatschte mit der flachen Hand dessen Rechte ab.

»Wieso ist er hier?« fragte Max und deutete mit dem Kopf auf König.

»Auf dem Blitz haben die Bullen noch den Daumen«, sagte Chico. »Wird erst morgen freigegeben. Aber Theo wär so oder so gekommen.«

»Wieso?«

»Später. War's hart?«

»Die Kantine ist für 'n Arsch«, sagte Max und trat an den Wagen.

Curd streckte den Arm raus, und Max klatschte erneut ab. Der hintere Schlag öffnete sich, und ein verlegen grinsender Arno schob sich heraus.

»Bleib mal eben so stehen, Max«, sagte er, riß die Kamera hoch und drückte schnell dreimal hintereinander ab. »Ist für die Pressemappe. Wie Brian Jones nach seinem Dope-Urteil.«

»Die ganze Bande«, sagte Max. »Rutsch durch, Arno.«

»Willst du nicht nach vorn?« fragte Curd.

»Schon gut«, sagte Max und schloß die Tür. »Bloß weg hier.«

König glitt hinters Steuer.

»Na, dann wollen wir mal«, sagte er, ließ den Motor an und legte den Wählhebel um.

Sanft säuselnd setzte sich der Jaguar in Bewegung.

Als sie über die Straßenbahnschienen wippten, sagte Max: »Gibt es hier einen Kiosk, oder so was? Ich brauch unbedingt ein Bier.«

»Da links ist 'ne SB-Tanke«, sagte Curd. »Ich könnte auch eins vertragen.«

»Aber wehe, ihr saut mir wieder die Karre voll«, sagte König.

Fünf Minuten später schoß der Jaguar die Auffahrt Longerich hoch, und das helle Reißen von Dosenlaschen erfüllte den Innenraum.

Max war der erste, der saute.

Beim Anblick der ersten sattgrünen Wiesen der Roemeryke Berge, die sich links und rechts der A1 entrollten, wurde es Max leichter. Und er bekam Hunger. Um das Trauma der Knastküche zu tilgen, entschloß man sich zu einem Zwischenstop bei Florian, dem legendären Wermelskirchner Sonnenkönig der Currywurst. Als er sein ausgekratztes Schälchen in den Abfalleimer warf, war Max fast wieder der alte. Eine Viertelstunde später rollte das Quintett auf dem Parkplatz des Crazy in Bergisch Born aus.

Die Tür zum Schankraum stand weit offen. Drinnen war es dunkel und kühl und roch nach abgestandenem Bier und kalter Asche. Finko, der Wirt, stand hinter dem Tresen und spülte Gläser. Ein viel zu knappes T-Shirt spannte sich wie ein Fell über die Trommel seines Bauches. Auf dem langmähnigen Schädel thronte das unvermeidliche Hirtenkäppi aus dem Hindukusch.

»Ist noch zu früh«, sagte Finko. »Ihr wißt doch, daß erst um fünf offen ist.«

»Tu mir einen Gefallen, Finko«, sagte Max. »Stell die Uhr zwei Stunden vor, okay?«

»Na, ja«, sagte Finko und trocknete sich die Hände ab. »So wie sie dir mitgespielt haben.«

»Du weißt es also auch schon?«

Finko schob die Morgenpost über den Tresen. »Du bist die große Nummer im Lokalteil. Vier Kölsch, ein Alt?«

»Für mich 'nen Glenfiddich on the rocks«, rief König, der gerade als letzter hereinkam. Sein Aktenkoffer landete auf dem ersten Resopaltisch neben der Tür.

»Bevor du von mir Scotch mit Eis kriegst, wird aus dir ein erfolgreicher Manager«, sagte Finko.

Max nahm die Zeitung mit an den Tisch. Das Foto von ihm war aus glücklicheren Tagen. Der dazugehörige Artikel sprach ihn schuldig. Fehlte nur, daß sie ihn den Ripper vom Bahndamm schimpften.

»Hast du das geschmiert?« fragte er Arno.

Der hob abwehrend die Hände. »Kein Wort. Ich hab denen nur das Foto geliefert.«

Finko brachte die Getränke. Den Aschenbecher schob er König zu und sagte: »Sieh zu, daß die Asche ausnahmsweise mal da reinkommt.«

König winkte ab und ließ die Schlösser seines Koffers aufschnappen. »So, Leute, dann laßt uns mal Tacheles reden. Hier ist das neue Prachtstück.« Dazu hielt er einen Plastikhefter wie eine Stopkelle in die Luft.

»Was soll das sein?« fragte Max.

»Na, was schon?« sagte König. »Der neue Vertrag. Ihr braucht nur noch zu unterschreiben.«

»Fährst du die Alzheimer Chaussee runter, oder was?« fragte Max. »Ich dachte, ich hätte mich vorgestern deutlich genug ausgedrückt. Und jetzt fängst du wieder davon an.«

König wackelte mit dem erhobenen Zeigefinger. »Veränderte Sachlage, Max. Es ist viel passiert in den letzten zwei Tagen. Verdammt viel.« Er zog einen Solar-Taschenrechner aus dem Sakko. Aber der funktionierte in dem Schummerlicht nicht. Also addierte König per Kugelschreiber auf der Rückseite eines Deckels.

»Fünfundzwanzig und zwanzig und drei macht achtundvierzig«, sagte er. »Eure Schulden belaufen sich auf satte achtundvierzigtausend. Die Zinsen von heute noch gar nicht mitgerechnet.«

Max wollte schon losprusten, als er die betretenen Gesichter von Curd und Chico bemerkte. »Was ist los? Wo kommen die dreiundzwanzig her?«

»Kaution und Vorschuß für den Anwalt«, trompetete König. »Was dachtest du, warum sie dich haben laufen lassen?«

Max wurde käseweiß. Sein Blick raste zwischen Curd und Chico hin und her. »Wußtet ihr davon?«

Curd zählte seine Finger.

Chico beförderte gerade eine Handgerollte zwischen seine Lippen, nahm sie aber wieder raus. »Ja, verdammt! Wolltest du etwa im Knast sitzen, bis du schimmelst?«

»Ich dachte . . . «, stammelte Max. »Ich dachte, die Bullen haben kapiert, daß ich unschuldig bin.«

»Werden sie noch«, sagte König und schlug Max auf die Schulter. »Kopf hoch! Du hast einen Bombenanwalt. Kostet natürlich ein paar Mark fuffzig.«

Max stand auf, ging zum Tresen und ließ sich von Finko einen doppelten Wodka geben. Zurück am Tisch hatte er wieder etwas Farbe.

»Mußtet ihr ausgerechnet zu Theo laufen?« schnauzte er Curd und Chico an. »Verdammt noch mal! Gab's denn keine anderen Möglichkeiten?«

»Ach, nee? Welche denn?« Chico zerfetzte seinen angeweichten Bierdeckel und pfefferte die Schnipsel auf den Boden. »Das einzige, was wir haben, sind die fünf Mille Rücklage. Und die kassiert der Anwalt allein fürs Zuhören.«

»Die gibt es doch schon lange nicht mehr«, sagte König.

»Was gibt es nicht mehr?« Chico verstand nichts.

»Eure Rücklage«, sagte König. »Die ist verpulvert.«

»Was quatschst du denn da?« fragte Curd.

»Hier, fragt euren Superstar.« König klopfte Max erneut auf die Schulter. »Der hat sie durchgebracht.«

Max' Kopf kam wie in Zeitlupe hoch. Sein Blick war starr und böse. »Woher weißt du davon, Theo?«

»Moment mal.« Chico griff nach Max' Unterarm. »Max, stimmt das?«

»Halt dich da raus«, sagte Max und schob Chicos Hand zurück. »Ich will wissen, woher du davon weißt, Theo.«

König warf die Arme hoch. »Ich hab halt meine Quellen.«

»Das ist unmöglich«, sagte Max schneidend. »Von der Geschichte wissen nur zwei Leute.«

»Du vergißt die Bank«, sagte König hastig.

Max schüttelte fassungslos den Kopf. »Du hast einen Informanten in der Bank?«

»Informationen sind alles, Leute«, sagte König.

»Ich will sofort wissen, was mit unserer Kohle ist!« brüllte Chico, daß Arno, der neben ihm saß, zusammenfuhr und sein Bierglas umwarf.

Max sagte nichts, starrte bloß vor sich hin.

»Bist du taub?« schrie Chico.

»Der Tip war narrensicher«, leierte Max mit leerem Gesicht. »Pornos in die Türkei schmuggeln. Ich hätte unsere Rücklage glatt verfünffacht. Eine einmalige Chance.«

»Und was ist schiefgelaufen?« fragte Chico.

»Wir sind an der Grenze aufgeschissen«, murmelte Max. »Die haben unseren Wagen komplett auseinandergenommen.«

»Tja«, sagte König. »Wenn man zu blöd ist, sollte man –«

»Halt's Maul, Theo«, knurrte Curd. »Sonst kracht's.«

Eine Runde Schweigen. Selbst Finko, der Chicos Schnipsel aufsammelte und mit einem Lappen die Sauerei aufwischte, die Arno veranstaltet hatte, unterließ die übliche Strafpredigt.

Irgendwann stand Max auf und ging zum Tresen. Finko zapfte gerade die zweite Runde.

»Kannst du mir ein Taxi rufen und mir einen Zwanziger vorstrecken?« fragte Max.

Finko schüttelte die Mähne. »Sorry, Max, bin selber klamm. Aber hinter dem Haus steht 'ne Velosolex. Die hab ich als Pfand für 'nen Deckel genommen. Ist sogar vollgetankt. Wenn du willst, kannst du das Ding geliehen haben. Eilt auch nicht mit der Rückgabe.« Er zwinkerte. »'ne Mopedfahrt bei dem Wetterchen wird dir gut tun.«

Max nickte stumm und verließ das Crazy, ohne die anderen noch einmal anzusehen.

SIEBTES KAPITEL

Wo die Wälder noch rauschen ...

Die Solex rauchte eher. Aber je weiter Max sich von der Bundesstraße entfernte, desto hartnäckiger drängte sich die alte Hymne des Bergischen in seinen Gedankenfluß.

Er begann die gemächliche Fahrt zu genießen. Links die Rattenburg. Schwarzer Schiefer, grüne Schlagläden, weiße Fensterrahmen. Die Nationalfarben seiner Heimat. Das sanfte Gefälle nach Buchholzen. Die spätsommerliche Palette der Landschaft übermalte Strich für Strich die harschen Grautöne der letzten Tage. Es stimmte. Dieses Land war schön.

Max' nervöse Erschöpfung ließ nach. Während Wiesen, Höfe und Hecken vorbeiglitten, versuchte er sich an einer passenden Instrumentierung des Heimatlieds.

... die Bächlein noch murmeln im blutigen Hain.

Blutiger Hain!

Die Solex schleuderte auf dem Rollsplitt in einer scharfen Linkskurve. Mit einer artistischen Einlage brachte Max sie wieder unter Kontrolle.

So leicht ließ sich der Alptraum nicht abschütteln. Er lag weiter auf der Lauer.

Max zwang sich, den Spuk abzustreifen. Er schaltete einfach alle Knöpfe auf null, ließ Bilder und Töne eindringen und unverformt durch sein Bewußtsein ziehen. Der filigrane Käfig aus Licht und Schatten in dem kleinen Wäldchen bei Well, das milde Auf und Ab der Hügel. Der Eifgenbach murmelte Zuspruch, als Max ihn überquerte.

Bei Habenichts stieß Max auf die Landstraße nach Dabringhausen. Die Solex kroch. Erst jetzt merkte er, wie müde er eigentlich war.

Hinter Stumpf verließ Max die Landstraße und rollte zwischen den Viehzäunen zu seinem Hof in Höhe. Als er in die kleine Stichstraße einbog, sah er Irmgards wildbemalten Skoda im schrägen Licht der späten Sonne aufleuchten.

Und noch etwas leuchtete auf. Der verchromte Kühlergrill eines alten Mercedes.

Als Max auf den Hof tuckerte, saß er da.

Der Mann hatte sich einen der Gartenstühle gegriffen und neben der Haustür plaziert. Er schien dort schon länger zu sitzen, und es schien ihm nichts auszumachen.

Max ließ die Solex ausstottern, stieg ab und lehnte das Mofa an die Hauswand.

»Tag«, sagte Max. »Wollen Sie zu mir?«

Der Mann lächelte. »Einen schönen guten Tag, Herr Hellenrath. Das ist aber eine schöne Maschine. Ihre?«

Max sah sich den Unbekannten genauer an. Graue ausgelatschte Slipper, Frotteesocken, darüber viel Männerbein. Eine fleckige Trevirahose aus der Racke-Rauchzart-Ära. Kariertes Sommerhemd mit kurzem Arm, Feincordweste und ein zu kleiner Pepitahut auf dem roten Kopf. Der Kerl sah aus wie ein Hausmeister. Allerdings Hausmeister im Olympiastützpunkt der Gewichtheber. Der, der die Hanteln wegräumt, wenn die Recken müde sind.

»Sind Sie Mofasammler?« fragte Max.

Das amüsierte den Mann, und er ließ ein meckerndes Lachen ab.

»Weniger«, sagte der Mann und sah auf einmal gar nicht mehr komisch aus. »Ich komme mit leeren Händen und ich hoffe, Sie sind so nett, sie mir zu füllen. Ein verfrühtes Martinssingen, wenn man so will.« Er meckerte wieder. Diesmal über seinen eigenen Witz.

Ganz weit hinten in Max' Kopf machte sich eins der Alarmglöckchen an die Arbeit. »Hören Sie, Herr ... «

»Conradi. Jupp Conradi.« Der rheinische Schlenker war nicht zu überhören.

»Herr Conradi«, wiederholte Max. »Ich bin müde und wäre Ihnen dankbar, wenn Sie es kurz machen würden.«

»Kurz ist der Schmerz und ewig ist die Freude.« Conradi meckerte schon wieder. »Herr Hellenrath, ein Freund von mir hat Ihnen vor einiger Zeit aus einer finanziellen Klemme geholfen. Wie es der Zufall will, hat er heute seinen Skatabend und braucht das Geld zurück.« Dazu blickte er auf seine Armbanduhr. Sein

Unterarm sah aus, als hätte er die letzten zwanzig Jahre Stahlnägel in Betonwände gekloppt. Ohne Hammer.

»Schulden?« fragte Max. »Bei einem Freund von Ihnen? Hat der Freund auch einen Namen?«

»Den sicheren Freund erkennt man in unsicherer Lage«, sagte Conradi. »Und aus einer solchen hat Sie mein Freund Seklacek an der türkischen Grenze befreit. Nicht wahr?«

Ach, daher wehte der Wind. Die saublöde Schmuggeltour. Das Bakschisch für den türkischen Zöllner, damit er sie laufen ließ. Sein Schmuggelkumpan Seklacek hatte ihm den Betrag vorgestreckt. Max hatte ja das gesamte Vermögen der Band in die Pornos investiert, und die waren konfisziert worden.

»Der Siggi kriegt sein Geld«, sagte Max lässig. »Keine Sorge. Nur heute abend spielt er besser 'ne Partie Monopoly. Zur Zeit bin ich nämlich blank.«

Conradi holte tief Luft, was ihm das Format eines Fesselballons verlieh. Dann stemmte er sich aus dem Gartenstuhl. Länge eins neunzig. Satt.

»Lassen Sie uns hineingehen, Herr Hellenrath«, sagte er, wobei er die Luft langsam wieder abließ, »und einfach mal nachsehen, was sich in den Schubladen alles so findet.«

Ein Putzeimer Adrenalin schwappte in Max' Nervensystem. Der Kerl war kein simpler Freund von Seklacek. Der Mistkerl war ein Geldeintreiber, ein Troubleshooter, irgend so ein gottverdammter Gangster.

Max ließ so unauffällig wie möglich seinen Blick schweifen. Wo war bloß Bessie, die Setterhündin?

Und wo war Wolle, der Hausschrat, der sich für Kost und Logis um die Tiere kümmerte, wenn Irmgard und Max unterwegs waren?

»Ihr Faktotum ist Milch holen gegangen«, sagte Conradi, grinste und polierte seinen Onyxring am Hosenbein. »Den Wauwau hat er gleich mitgenommen. War ein Tip von mir. Kommen Sie.«

Conradi hielt die Haustür auf. Bei Max mischten sich anteilig Wut und Angst. Am liebsten hätte er eine Runde geheult.

Die Küche. Sie sah noch so aus wie vor drei Tagen. Auf dem Tisch standen die Kaffeetassen mit den angetrockneten Rändern, die Porzellandose mit dem verstreuten Zucker drumherum. Die

Muschel, die als Aschenbecher diente, quoll über von Kippen und alten Teebeuteln.

Max überlegte fieberhaft, was er tun könnte. »Wollen Sie einen Kaffee?«

»Nein, danke. Ich will fünfhundert Mark.« Conradi interessierte sich für die Reihe abstrakter Tonskulpturen auf dem Küchenschrank. »Sind die von Ihnen?«

»Nein«, sagte Max. »Von meiner Freundin.«

Conradi nahm eine der Figuren vom Schrank, betrachtete sie genauer. »Kann Ihre Freundin Ihnen nicht etwas unter die Arme greifen?«

Bevor Max irgend etwas sagen konnte, zersprang Irmgards Skulptur auf dem Holzboden.

»Ach, das tut mir aber leid«, sagte Conradi. »Ich bin manchmal so ungeschickt.«

»Jetzt reicht's aber.« Max' Stimme brach vor Heiserkeit. »Ich bin doch nicht eure Fußmatte. Seklacek kriegt sein Geld. Nur nicht heute.«

Mit einer Flinkheit, die Max ihm nicht zugetraut hätte, stieß Conradi den Tisch um und räumte mit einem Schlag sämtliche Töpfe und Pfannen vom Herd. Der Lärm war noch nicht verhallt, als Max ein Zeigefinger von der Härte eines Gummiknüppels in die Brust gerammt wurde. Er hatte keine Wahl. Er mußte den Rückwärtsgang einlegen.

»Du bist Gitarrist, Bursche«, bellte Conradi und stieß Max vor sich her. »Hat mir jedenfalls der Siggi gesagt. Und Gitarristen brauchen gesunde Finger, stimmt's? Also, wenn du vorhast, weiterhin die Klampfe zu zupfen, sollte dir jetzt blitzschnell einfallen, wo die Kröten herumfliegen.«

Max stieß gegen die Ottomane vom Sperrmüll. Weiter zurück ging es nicht. Und auf einmal ertränkte sein Zorn die Angst.

Max tauchte ab, sprang vor und rammte Conradi die Schulter in den Magen. Ihm war, als pralle er gegen einen Berg. Aber der Berg gab nach. Conradi taumelte rückwärts und stolperte über den umgestürzten Tisch.

Max hechtete hinterher und kassierte den Fußtritt seines Lebens. Er wurde herumgeschleudert und landete zwischen Spüle und Schrank.

Keine Luft. Kein Sauerstoff. Ein stählernes Korsett. Max japste.

Und dann war ihm, als sei er unter einen Trecker geraten. Ein Trecker mit Trevirabereifung. Conradi kniete auf Max' Brustkorb und griff nach seiner rechten Hand.

»Ich komm wieder, Hellenrath«, sagte Conradi. »Das hier ist nur die Vorspeise.«

Dann gab es einen trockenen Knacks, als sei jemand auf ein Stöckchen getreten. Aber Max wußte, es war ein Stück von ihm.

Plötzlich war der Druck auf dem Brustkorb weg. Eine Tür fiel krachend ins Schloß. Draußen im Flur verhallte Gemecker.

Langsam richtete Max sich auf. Sah an sich herunter. Der kleine Finger der rechten Hand stand in Höhe des ersten Gliedes seltsam ab.

Zeitgleich mit der Erkenntnis kam der Schmerz. Er raste. Raste durch Max' rechten Arm, biß in Schulter und Brustkorb und raste wieder zurück, um neuen Anlauf zu nehmen. Wieder und wieder. Und dann wurde es gnädigerweise dunkel und still.

... die flammende Esse, der Hämmer Gesaus.

Bellte da nicht ein Hund?

Max klappte die Augen auf. Das ging. Immerhin. Als er sich aufsetzte, wurde er um Haaresbreite wieder ohnmächtig.

Die Taubheit, die Finger, Hand und Arm im Griff hatte, hatte offenbar auch seinen Kopf befallen. Nur langsam gewannen die vertrauten Konturen der Küche wieder an Schärfe.

Taumelig stand er auf. In seine Knie hatte irgendwer Lenor injiziert. Max mußte sich auf die Spüle stützen. Mit der Linken drehte er den Hahn auf und schmiß sich drei, vier Hände Wasser ins Gesicht. Als er das Handtuch vom Haken nahm, entdeckte er eine dreiviertelvolle Flasche Smirnoff zwischen Spüle und Herd. Alles, was von Curds Geburtstagsfeier vor vier Wochen übriggeblieben war. War das wirklich erst vier Wochen her?

Max schnappte sich die Flasche, stolperte über das herumliegende Kochgeschirr um den Tisch und ließ sich hart auf die Ottomane fallen.

Der erste Schluck schmeckte zum Kotzen. Der Wodka war pipiwarm, aber Max unterdrückte den Brechreiz und ließ eisern laufen. Als er absetzte, hatte er die Hälfte weggegurgelt. Der Alkohol kuschelte sich wohlig in seine Blutbahnen. Max ließ es jetzt langsamer angehen.

Die rechte Hand war dick und rot und pulste im Takt seines Herzschlags. Und der kleine Finger zeigte noch immer so seltsam nach außen. Als Max versuchte, ihn gerade zu biegen, schrie er so laut auf, daß er vor sich selbst Angst bekam.

Ein weiterer Schluck.

Im Dämmerlicht der Küche schienen die Skulpturen auf dem Schrank zum Leben zu erwachen. Max prostete ihnen zu. Dann fiel sein Blick auf die Tonscherben am Boden. Zerbrochen. Wie das Leben des Mädchens. Tanja.

Wer hatte sie zerbrochen?

Tanjas Bild verblaßte langsam und wurde durch ein anderes überblendet. Susi, seine kleine Schwester, die vor über zwanzig Jahren von einem Auto überfahren worden war. Der Fahrer hatte Unfallflucht begangen und war nie gefaßt worden.

»Diesmal läuft's anders«, brabbelte Max. »Diesmal zahlt jemand dafür.«

Am Grund der Flasche schwappte nur noch ein kümmerlicher Rest. Das Licht, das durch das Küchenfenster fiel, wurde matter.

Max döste ein.

Plötzlich sprang die Tür auf. Jemand fuhr ihm mit einem nassen Lappen durchs Gesicht, und die Deckenlampe ging an.

»Ja, Bessie, alter Hund.«

Der Setter jaulte und wedelte.

In der Küchentür standen Wolle, der Schrat, und Olli, Max' Nachbar. Wolle hatte seinen Langbogen über der Schulter.

»Mensch, wie siehst du denn aus?« fragte Wolle.

»Habt ihr mal 'ne Zigarette?« lallte Max. »Ich kann nicht drehen.«

ACHTES KAPITEL

Freitag, 2.September

Die Jagd war wieder eröffnet. Jeder Deutsche, der ein Kreuzchen machen konnte, legte heute auf den Superjackpot an. Wenigstens behauptete das die fette Schlagzeile der *Bild*, die Max von dem Kiosk Pastor-Löh-Straße Ecke Auf der Schützeneich entgegensprang.

Die Fahrt nach Burscheid war überraschend locker gewesen. Wolle hatte ganze Arbeit geleistet und Max' Finger fachgerecht geschient. Die Nebelbank, die der Wodka hinter sich herzog, störte da schon mehr.

Während Max die Solex an den Jägerzaun lehnte, musterten ihn zwei verkaterte Figuren in Aldi-Sonderposten-Joggerkluft, die sich an dem Kiosk mit Underberg auffrischten. Einer trug Pantoffeln.

Max steuerte die Hausnummer 16 direkt unterhalb des Kiosk an. Werner stand auf dem zweiten Schild der linken Reihe. Max hatte den Finger kaum vom Klingelknopf genommen, als schon der Summer ertönte.

Das Treppenhaus voller Küchendünste. Im ersten Stock stand eine Wohnungstür offen.

Max räusperte sich. »Hallo?«

Keine Antwort. Dafür klirrte Geschirr in der Wohnung.

Max trat ein, umkurvte eine Sammlung leerer Schnapsflaschen vor der Garderobe und warf einen Blick in das erste Zimmer zur Rechten. Das Wohnzimmer. Auf dem Sofa lag eine Frau undefinierbaren Alters und schnarchte. Die Wolldecke, mit der sie zugedeckt war, war hochgerutscht und gab Nylons mit Laufmaschen preis. Auf dem Tisch stand ein proppenvoller Aschenbecher. Daneben ein Wasserglas und eine halbvolle Flasche Chantré. Nachschub für die Sammlung.

Eine Tür weiter war die Küche. Ein in Dampfschwaden gehülltes Mädchen goß Kartoffeln ab.

»Essen ist gleich fertig«, rief sie, ohne aufzublicken.

»Entschuldigung«, sagte Max.

Das Mädchen hob den Kopf, und Max traf beinahe der Schlag. Tanja. Nur jünger. Zwei, vielleicht drei Jahre.

»Wer sind Sie?« Das Mädchen schien genauso irritiert.

»Ich heiße Max. Die Tür stand offen.«

»Hans ... Mein Vater kommt gleich zum Essen. Deshalb.« Das Mädchen stellte den Topf ab. »Wollen Sie zu ihm?«

»Ich wollte deine Eltern sprechen, ja.«

Plötzlich wurden die Augen des Mädchens schmal, und sie sagte: »Sie sind der Sänger von Bombay Black, nicht wahr?«

»Und du bist Tanjas Schwester?«

»Ja«, sagte das Mädchen. »Ich heiß Sonja. Was wollen Sie von meinen Eltern?«

»Es geht um Tanja. Ich brauch nur ein paar Antworten. Ich will herausfinden, wer sie ... « Max zögerte.

»Wer sie umgebracht hat?« fragte Sonja.

»Ja. Genau das.«

»Ich dachte, man hätte Sie verhaftet.«

»Das war ein Irrtum«, sagte Max, und dann mit Nachdruck: »Ich war es nicht.«

Sonja blickte zu Boden, irgendwo zwischen Max und sich. Aber da war nichts außer dem Linoleum.

Da sie nichts sagte, redete Max. »Es tut mir leid, was mit deiner Schwester passiert ist. Wirklich.«

Sie hob den Kopf. Ein Funkeln in ihren Augen, dann zogen zwei Tränen Spuren über ihre Wangen.

»Meine Mutter ist krank.« Sonja zog die Nase hoch. »Und Hans ist noch auf der Arbeit. Außerdem glaube ich nicht, daß er Sie sehen will.«

»Ich würde es trotzdem gerne versuchen«, sagte Max. »Ich weiß nicht, wo ich sonst anfangen soll.«

»Tanja ist tot«, sagte Sonja, und es klang trotzig. »Ist doch egal, wer es getan hat.«

»Nein«, sagte Max. »Das ist es nicht.«

Sonja zog ein Taschentuch aus ihrer Jeans und putzte sich die Nase. Nachdem sie es wieder verstaut hatte, sagte sie plötzlich: »Hattest du was mit ihr?«

Unwillkürlich mußte Max lächeln. »Nein. Wir kannten uns gerade mal ein paar Stunden.«

Sonja runzelte die Stirn. »Dann wart ihr nicht die ganze Zeit zusammen?«

»Welche Zeit?«

»Seit sie ...« Sie strich sich die Haare aus dem Gesicht. »Tanja ist Samstag abgehauen. Ich dachte, sie sei mit euch rumgezogen.«

»Wie kommst du darauf?«

»Die Zeitung. Ich hab das so verstanden.«

»Nein«, sagte Max. »Wir haben sie Dienstag beim Trampen aufgelesen. In Sträßchen.«

Sonja reckte sich und tastete auf dem Hängeschrank herum. Schließlich fand sie ein Päckchen Lord Extra und nahm eine Zigarette heraus.

Max zog sein Sturmfeuerzeug aus der Lederjacke. Während Sonja inhalierte, fragte er: »Warum ist Tanja abgehauen?«

Sonja schloß das Fenster, das auf Kippe stand, und öffnete es dann richtig. Der Rauch wehte nach draußen. »Es gab mal wieder Krach, weil sie zu spät nach Hause kam. Nachts um zwei oder so. Hans kann das nicht ab. Er hat rumgebrüllt und ihr eine geklatscht. Sie hat dann die halbe Nacht geheult.«

»Und du hast keine Ahnung, wohin sie am Samstag gegangen ist?«

»Nein. Keine Ahnung.«

»Was ist mit deinen Eltern?«

»Hans war stinksauer.« Sonja mußte husten. »Das ganze Wochenende ist er rumgefahren und hat sie gesucht. Ich hab noch gedacht, was ein Glück für dich, Schwesterchen, daß er dich nicht gefunden hat.« Ihre Stimme brach weg, wie ein dünner Ast.

»War er bei den Bullen?« Max versuchte, nicht zu ungeduldig zu wirken.

»Nein.« Sonja lächelte beinahe. »Bei denen war er nicht.«

»Hatte Tanja einen Freund? Oder eine Freundin? Irgendwo muß sie ja übernachtet haben.«

»Mit Henning hat sie vor zwei Wochen Schluß gemacht«, sagte Sonja. »Aber vielleicht war sie bei Christine.«

»Wer ist Christine?«

»Tanjas beste Freundin. Hans hat da am Samstag angerufen. Sie hat gesagt, sie weiß nicht, wo Tanja ist. Aber vielleicht wollte sie es ihm nur nicht sagen.«

»Weißt du, wo Christine wohnt?« Max saß jetzt auf Nadeln.

»In der Freiheitsstraße.« Sonja warf die Kippe aus dem Fenster und wandte sich den Töpfen zu. Sie schob aber lediglich den einen nach hinten und zog den anderen nach vorn. »In Remscheid. Wir haben bis vor einem Jahr auch da gewohnt. Tanja und Christine waren in derselben Klasse.«

»Weißt du auch die Hausnummer?«

»Ich glaub, dreiundachtzig. Auf jeden Fall schräg gegenüber vom Hallenbad. Sie heißt Müller.«

»Na, prima.«

»Falls sie nicht zu Hause ist, fragst du am besten im Salon Klammann in der Blumenstraße nach. Da arbeitet sie nämlich.«

»Fällt dir sonst noch etwas ein, das mir helfen könnte?«

Sonja überlegte kurz, dann schüttelte sie den Kopf. »Nein, nichts.«

Max nahm den Kugelschreiber aus seiner Jacke und riß die Ecke einer OBI-Wurfsendung ab, die auf dem Tisch lag. »Ich laß dir meine Adresse und Telefonnummer da. Für alle Fälle.«

Sonja nahm den Papierfetzen entgegen und steckte ihn in ihre Jeans.

»Danke«, sagte Max. »Du hast mir sehr geholfen.«

»Ich ...«

»Ja?«

Sonjas Stimme war kaum mehr als ein Hauch. »Ich wollte dir nur sagen: Ich glaube nicht, daß du sie umgebracht hast.«

»Danke.« Max nickte ihr zu. »Mach's gut.«

Die Frau im Wohnzimmer schnarchte noch immer. Max zog die Wohnungstür auf.

Auf der Fußmatte stand ein Mann. Einen knappen Kopf kleiner als Max, in einem ölverschmierten Blaumann mit Aral-Aufnäher. Schwarzes drahtiges Haar, durchsetzt von grauen Sprenkeln. Aggressives Unverständnis im Blick.

»Herr Werner?« fragte Max.

Der Mann sagte nichts, starrte nur. Bis ein Zucken in seinen Augenwinkeln signalisierte, daß der Groschen gefallen war.

»Du dreckiger Mörder, du!« schrie er und zog die Oberlippe zurück wie ein tollwütiger Dobermann. Ein Korn trinkender Dobermann, dem Atem nach zu urteilen. »Dich mach ich kaputt!«

Der Mann riß die Fäuste hoch. Max warf die Tür vor Dobermanns Nase zu und stolperte rückwärts durch die Flaschensammlung. Um das Gleichgewicht zu halten, mußte er sich an den Mänteln festklammern, die an der Garderobe hingen.

Dumpfe Schläge bearbeiteten die Tür, begleitet von wilden Flüchen und Drohungen. Ein Schlüsselbund klirrte auf Fliesen.

»Los, über den Balkon«, sagte Sonja. »Der schlägt dich tot, wenn er dich kriegt.«

Sie zog Max am Ärmel quer durchs Wohnzimmer. Die Frau auf dem Sofa schlug die Augen auf und grunzte. Sonja rüttelte an der Balkontür. Sie klemmte. Im Flur wurde ein Schlüssel ins Schloß geschoben. Die Balkontür flog auf und knallte gegen den Schrank.

»Es ist nicht tief.« Sonja schob Max über die Schwelle. »Und unten ist Rasen.«

Max linste über das Geländer. Vier, vielleicht fünf Meter.

»Nun mach schon!« rief Sonja.

Dem Lärm nach bahnte sich ihr rasender Vater gerade den Weg durch das Flaschenchaos im Flur. Max verscheuchte alle Gedanken an gebrochene Knöchel und ähnliches und flankte über das Geländer.

Der Flug war kurz. Dafür war die Landung um so härter. Max' Knie wurden schmerzhaft zusammengestaucht. Er rollte ab und hatte Glück, daß er den geschienten Finger vor Bodenkontakt bewahren konnte.

Max kam auf die Beine und humpelte, so schnell es ging, um die Hausecke. Weg von dem Gebrüll, das auf dem Balkon anhob, und ab in den Sattel der Solex.

Und jetzt?

In Richtung Stadt war die Straße zu steil. Da würde ihn ein Faultier auf Valium einholen, erst recht der tobende Werner. Also stieß er sich ein paar Mal kräftig mit den Beinen ab und ließ die Solex den Berg runterrollen. Beim zweiten Versuch zündete der Motor, und Max schickte ein Stoßgebet zum Himmel, daß die Pastor-Löh-Straße keine Sackgasse war.

Er wurde erhört.

Ein Platzregen überraschte Max auf der kurvenreichen Abfahrt ins Eschbachtal. Unter der Höllenbachtalbrücke wartete er das Ende des Gusses ab. In einem Baum in der Nähe entdeckte er zwei Drosseln. Krammetsvögel. Vögel, die einer bergischen Legende zufolge zwei Wegelagerer und Mörder an den Galgen gebracht hatten. Das war im sechzehnten Jahrhundert gewesen. Ob das heute auch noch so war?

Als nur noch einzelne Tropfen fielen, fuhr Max weiter. Zwanzig Minuten später befand er sich im Zentrum der alten Werkzeugstadt.

Die Bismarkstraße rauf und an der stilisierten Markthalle nach links. Das mußte die Blumenstraße sein. Irgendwo da lag auch das San-Du, wo er zum ersten Mal chinesisch gegessen hatte. Hühnerfleisch süß-sauer. Eine Erinnerung, die seinen Magen knurren ließ.

Max konnte sich nicht mehr an den Namen des Frisiersalons erinnern. Und natürlich gab es prompt zwei, die sich auch noch gegenüberlagen. Vom Hoff und Klammann. Eene, meene Muh, und aus bist du. Der Rechte blieb im Spiel. Klammann, der Name kam Max auch plötzlich wieder bekannt vor. Echthaarverlängerung und Verdichtung. Das mußte er Arno sagen. Max parkte auf dem Bürgersteig und ging rein.

Die Frau hinter dem flachen Empfangstresen war ein Fall für die Weight-Watchers und sah gestreßt aus, obwohl alle Stühle unbesetzt waren.

»Sind Sie angemeldet?« fragte sie.

»Nein«, sagte Max.

»Dann haben Sie Pech«, sagte sie triumphierend. »Für zwischendurch ist nichts mehr frei.«

»Macht nichts«, sagte Max. »Ich suche bloß Christine Müller. Sie arbeitet doch hier, oder?«

»Tut sie.« Die aufgemalten Brauen der Dicken rutschten noch weiter in Richtung Haaransatz. »Wollen Sie sie privat sprechen?«

»Wie man es nimmt. Was ist jetzt?«

Die Dicke machte einen spitzen Mund. »Fräulein Müller hat heute frei.«

»Na, so was«, sagte Max. »Immer wenn am meisten los ist, sind die Angestellten nicht da.«

»Wie meinen Sie?«

»Frohes Schaffen.«

Bis zum Hallenbad brauchte er gerade mal fünf Minuten. Auf der anderen Straßenseite begannen die ungeraden achtziger Nummern. Max rangierte die Solex sauber an die Hauswand. Bei dreiundachtzig gab es keinen Müller. Dafür bei fünfundachtzig. Max klingelte, aber niemand öffnete. Er wollte schon wieder abrücken, als die Haustür aufgezogen wurde, und eine kleine ältere Frau in einem geblümten Kittel und mit einem Emaileimer in der Hand vor ihm stand.

»Zu wem wollen Sie denn, junger Mann?«

»Zu den Müllers«, sagte Max und gab den Weg frei.

Die Frau trat einen Schritt vor, ließ die Tür aber nicht los. »Die Frau Müller ist nicht da. Die ist doch arbeiten. Im Allee-Center.« So wie sie das sagte, gehörte das zur Allgemeinbildung.

»Eigentlich will ich ja zu Christine«, sagte Max.

»Ach, zur Christine«, sagte die Frau und war auf einmal sehr interessiert. »Dann sind Sie wohl der neue Freund?«

»Wir basteln noch daran«, sagte Max. »Hier scheint sie nicht zu sein und im Frisiersalon war sie auch nicht. Haben Sie eine Ahnung, wo sie stecken könnte?«

Die Alte verzog den Mund. »Wenn Sie nicht bei Klammann ist, dann hockt sie bestimmt wieder in dieser Kneipe.«

»Welche Kneipe?«

»In der Alten Bismarkstraße.«

»Wissen Sie auch, wie die Kneipe heißt?«

»Nee, junger Mann«, sagte die Alte. »Die Zeiten sind bei mir vorbei. Ist aber ein ausländischer Name, so wie –«

Der Rest ging im pfeifenden Lärm eines tieffliegenden Düsenjägers unter. Max und die Alte zogen die Köpfe zwischen die Schultern und duckten sich unwillkürlich. Seit im Dezember '88 ein USAF-Jet wie eine Bombe in ein Remscheider Wohngebiet eingeschlagen war, war man hier dünnhäutig, wenn so ein Teil über die Stadt fegte. Sound of freedom hin oder her.

Also zurück zum Markt. Diesmal dauerte es zehn Minuten, weil es bergauf ging und Pedaletreten angesagt war. Da, wo früher mal das Antitum gewesen war, gab es jetzt Parkmöglichkeiten. Aber der alte Saxo-Club, in dem Max Ende der Siebziger ein paar Mal gezecht hatte, existierte noch, allerdings unter anderem Namen. Max tippte mal auf Brick-House, soweit er das Schild unter dem Efeugestrüpp entziffern konnte.

Die Fenster standen auf Kippe, und melodiöse Klänge wehten heraus. *Foolish You* von Kate und Anna McGarrigle. Max zog am Knauf der Flügeltür. Netterweise war nicht abgesperrt.

Das Nachmittagslicht bekam Hilfestellung von zwei Halogenspots über der Theke. Der Ventilator dazwischen lag lahm. Unter dem Ventilator stand eine Rothaarige mit Pferdeschwanz und spülte Gläser. Max schätzte sie auf Ende Zwanzig.

Sie blickte nur kurz auf. »Wir haben noch geschlossen.«

»Kein Problem«, sagte Max und trat an die Theke. »Ich suche nur jemand.«

»Wenn Sie mich nicht suchen, sind Sie umsonst gekommen.«

»Sieht so aus«, sagte Max. »Aber vielleicht können Sie mir sagen, wo ich Christine Müller finden kann. Sie soll hier Stammgast sein.«

Die Rothaarige stellte das Glas zur Seite, warf das Abtrockentuch über die Schulter und stemmte die Hände in die Hüften. Sie hatte in etwa Max' Größe und war schlank. Bekleidet war sie mit Jeans und einer weißen Bluse. Die obersten drei Knöpfe der Bluse standen offen und gaben den Blick auf ein sommersprossiges Dekolleté frei. Weitere Sommersprossen entdeckte Max in ihrem ovalen Gesicht. Dazu einen pfenniggroßen Leberfleck neben dem linken Mundwinkel. Die Frau trug keinen Schmuck. Der Blick, mit dem sie Max musterte, war pures Mißtrauen.

»Was wollen Sie von ihr?« fragte sie.

»Ich muß sie was fragen. Privat.«

»So, so, was fragen.« Es blitzte kurz in ihren grünen Augen. »Sie sind doch Max Hellenrath, oder nicht? Der Rocksänger unter Mordverdacht?«

Max blickte sich um und fragte laut in den Raum, als sei dort Publikum: »Irgendwer, der die Zeitung noch nicht gelesen hat?«

Die Rothaarige nahm die Hände aus den Hüften, stützte sich auf die Edelstahlspüle und beugte sich vor. »Klartext, Mann. Sind Sie ausgebrochen?«

Max lächelte. »Wenn ich getürmt wäre, würde ich das Haar nicht offen tragen.«

»Also hat man Sie wieder laufen lassen?«

»Auf Kaution.«

»Auf Kaution!« Sie schnaubte. »Freiheit gegen Cash. Darauf steh ich ganz besonders. Was wollen Sie von Christine?«

»Kann ich vielleicht doch ein Bier haben?« fragte Max.

Die Mundwinkel der Rothaarigen zuckten kurz abwärts und nahmen dabei den Leberfleck mit. »Kölsch oder Pils?«

»Ein Alt, wenn's das gibt.«

Sie zapfte zwei. Max trank seins auf ex, sie nippte nur. Nachdem er sich den Schaum vom Mund abgewischt hatte, erzählte er ihr, was sich am Dienstag wirklich abgespielt hatte, und was er von Sonja erfahren hatte. Sie hörte aufmerksam zu, nahm nur ab und zu einen Schluck.

»Sie ermitteln also in eigener Sache?« fragte sie um einiges freundlicher, nachdem Max geendet hatte.

»Irgendwer muß sich ja um Beweise für meine Unschuld kümmern.«

»Der Mordverdächtige macht sich auf, um den wahren Mörder zu finden.« Für Bruchteile von Sekunden traten die Lachfältchen in ihren Mundwinkeln in Aktion. »Ich dachte immer, so was gibt es nur im Film.«

»Da machen sie es schon nicht mehr. Glaubt sowieso keiner.«

»Noch eins?«

»Gerne.«

Diesmal trank Max langsamer. Die Rothaarige langte in ein Fach neben der CD-Sammlung und zog ein Päckchen Benson & Hedges heraus. Sie hielt Max das offene Päckchen hin, er nahm an und lieferte das Feuer.

Sie starrte in die Glut ihrer Zigarette, die sie zwischen Daumen und Zeigefinger rollte. »Angenommen, ich würde Ihnen abkaufen, daß Sie unschuldig sind: Glauben Sie wirklich, es bringt Sie weiter, wenn Sie wissen, wo Tanja die drei Tage verbracht hat?«

»Irgendwo muß ich ja anfangen.« Max wischte Beschlag von seinem Glas. »Woher hatte sie das Geld? Woher hatte sie den Schmuck? Vielleicht ist sie ja in eine krumme Sache hineingeraten, die ihr schließlich das Genick gebrochen hat.«

»Und Christine soll Ihnen sagen, wo Tanja in den drei Tagen war?«

»Sonja sagte, Christine sei die beste Freundin ihrer Schwester gewesen. Ich hoffe, daß sie etwas weiß.«

Die Rothaarige drückte ihre Zigarette aus und schob den Aschenbecher näher zu Max hin. Max registrierte, daß ihre Fingernägel grün lackiert waren.

»Jedenfalls hatte Tanja eine Menge Probleme«, sagte sie.

»Wissen Sie Genaueres?«

Sie griff nach einem Schwamm und wischte über die Spüle. »Ich kannte Tanja ziemlich gut. Sie und Christine waren oft hier. Tanja wirkte schon länger bedrückt. Still war sie ja immer, aber zuletzt machte sie einen regelrecht depressiven Eindruck. Ich hab sie ein paar Mal gefragt, was los ist, aber sie wollte nicht darüber reden, hat nur ausweichend geantwortet.«

»Haben Sie eine Vermutung?«

Sie zuckte die Achseln. »In erster Linie wohl familiäre Probleme. Zu Hause gab's oft Zoff. Vor allem mit dem Stiefvater. Der Alte muß ein Tyrann sein.«

»Hans Werner ist der Stiefvater, nicht der Vater?«

»Wußten Sie das nicht?«

»Nein. Erzählen Sie weiter.«

»Außerdem hat sich Tanja in Burscheid nicht wohlgefühlt. Sie hat dort keinen Anschluß gefunden, bis auf ihren Freund. Aber die Beziehung hat nicht lange gehalten. Jedenfalls war sie jede freie Minute in Remscheid.« Der Schwamm wurde ausgedrückt und landete im Becken. »Dafür hatte sie große Rosinen im Kopf. Wollte unbedingt nach Kalifornien auswandern und träumte von einer Karriere als Fotomodell oder Schauspielerin.« Ihre Miene wurde düster. »Seit ich erfahren habe, was mit Tanja passiert ist, hab ich mich hundertmal gefragt, ob ich ... «

»Ja?«

»Vergessen Sie's.«

Max ließ einen Finger auf dem Rand seines Glases kreisen. Nach einer Weile blickte er ihr direkt in die Augen. »Sagen Sie mir, wo ich Christine finden kann?«

Sie ließ sich mit ihrer Antwort Zeit. Dann sagte sie: »Kommen Sie um sieben wieder. Ich versuche, Christine bis dahin zu erreichen.«

»Sie wollen zuerst mit ihr sprechen.«

»Ja. Ich glaube, das ist besser.«

Max warf einen Blick auf die Preistafel über der Tür und kramte in seiner Hosentasche.

»Lassen Sie Ihr Geld stecken. Männer auf Kaution trinken gratis.«

»Sie riskieren, daß das meine Stammkneipe wird.«

Der Scherz griff nicht. Max löste sich von der Theke und ging. Der Dielenboden knarrte.

Als er an der Tür war, rief sie ihm nach: »Falls ich nicht hier sein sollte, fragen Sie die Jungs nach mir. Die sagen mir dann Bescheid.«

»Und nach wem soll ich fragen?«

»Fragen Sie nach Margit.«

Draußen merkte Max, daß er schon wieder angestochen war. Wenn die Verabredung um sieben einen Sinn haben sollte, mußte er was essen. Er ließ die Solex stehen und ging zu Fuß die kurze Strecke zum Ebertplatz hinauf.

Die nächsten zweieinhalb Stunden versaß er in einem höllisch verdreckten Imbiß in Sichtweite des Busbahnhofs und testete die Belastbarkeit seines Magens mit zweimal Pommes rot-weiß und sechs Tassen Spülwasserkaffee. Sollte in Remscheid je die Cholera ausbrechen, Max wüßte, wo sie ihren Anfang genommen hätte.

Das Brick House war bereits gut gefüllt. Gespräche und Gelächter. Zigarettenrauch hing wie Trockeneisnebel im Raum. Die Tuba am Regal über der Theke schimmerte im Licht der Wandleuchten und der Spots. Hinter der Theke waren sie zu zweit. Max fragte den Schwarzhaarigen nach Margit.

Der betätigte irgend etwas unterhalb der Spüle und sagte: »Sie kommt gleich. Ein Bier?«

Max orderte ein Alt. Pünktlich zum zweiten erschien Margit.

»Ich hab mit Christine gesprochen«, sagte sie.

»Und?«

»Viel weiß sie nicht. Aber sie ist bereit, mit Ihnen zu sprechen. Kommen Sie.«

An einem der Tische an der Rückwand saß ein Mädchen, das Max schon vorher aufgefallen war. Stabil gebaut, bananengelbe Leggins, schwarzes Jon-Bonjovi-T-Shirt und eine Kurzhaarfrisur mit einer einzelnen langen Strähne.

»Christine, das ist der Typ«, sagte Margit und setzte sich an Christines Seite.

Christine warf einen raschen, beinahe ängstlichen Blick auf Max und sah sofort wieder in ihre Cola.

Max nahm gegenüber Platz. »Nett, daß du gekommen bist.«

Christine sagte nichts, studierte nur das Zitronenstück im Glas.

Max kam direkt zur Sache. »Ich versuche herauszufinden, wo Tanja sich aufgehalten hat, nachdem sie von zu Hause abgehauen war. Kannst du mir dabei helfen?«

Christines Antwort war nicht zu verstehen, aber da sie gleichzeitig den Kopf schüttelte, tippte Max auf nein.

Er beugte sich vor. »Wann hast du sie denn zuletzt gesehen?«

Jetzt blickte Christine auf, aber zu Margit. Die nickte ihr aufmunternd zu.

»Am Freitag«, sagte Christine leise. »Da haben wir uns hier getroffen.«

»Seid ihr den ganzen Abend hiergeblieben?«

Erneutes Kopfschütteln. »Ein paar Jungs, die wir von früher kannten, wollten unbedingt nach Wuppertal.« Die Strähne war im Weg und wurde aus dem Gesicht gewischt. »Da sind wir mitgefahren.«

»Und wohin da?«

Es dauerte. Dann sagte sie: »Ins Spitz.«

»Wo ist das? Ich meine, welche Straße?«

Diesmal schüttelte sie die Strähne mit einer unwilligen Kopfbewegung aus den Augen. »Weiß ich nicht. Aber in der Nähe vom Alten Rathaus. In Elberfeld.«

»Okay, weiter. Was habt ihr da gemacht?«

Wieder dauerte es. Max studierte derweil den Gipsgecko, der über Christine an der Wand klebte.

»Nichts besonderes. Was getrunken und so.« Wie zur Bestätigung nahm Christine einen Schluck aus dem Glas. Dann wandte sie sich wieder an Margit. »Da war so ein Typ, ein Fotograf, der ist voll auf Tanja abgefahren. Hat ihr gesagt, sie sähe aus wie Claudia Schiffer. Der wollte sogar Probeaufnahmen mit ihr machen.«

Max war auf einmal ganz Ohr. Margit auch, wie es schien.

»Und, ist was daraus geworden?« fragte Max. »Ist sie mit ihm mitgegangen?«

»Nein, wir mußten doch wieder nach Hause.« Die Haarsträhne hing jetzt im Colaglas. »Aber Tanja war total aufgeregt. Sie hat auf der Rückfahrt nur noch davon geredet, daß das die Chance ihres Lebens sei, ganz groß rauszukommen.«

»Haben Tanja und der Fotograf denn vereinbart, sich noch einmal zu treffen?«

Christine stülpte die Unterlippe vor. »Davon hat sie nichts gesagt. Er hat ihr aber seine Visitenkarte gegeben. Boddental hieß er. Marco Boddental.«

»Sonst ist an dem Abend nichts passiert?«

»Nein. Bärchen, einer der Jungs, hat uns nach Hause gefahren. Tanja zuerst, weil ihr Stiefvater doch immer so ein Theater macht, wenn sie zu spät kommt. Meine Mutter ist da nicht so.«

»Und danach hast du nichts mehr von Tanja gehört? Kein Treffen, kein Anruf?«

Christine verneinte.

Max stand auf. »Die Cola geht auf mich.«

»Dann bring mir noch eine«, sagte Christine zu Margit.

»Bestell bei Fred«, sagte Margit und erhob sich. »Ich werde den Herrn nach Wuppertal begleiten. Da wollen Sie doch hin, oder nicht?«

Max staunte nicht schlecht. »Dann muß ich Sie aber auf dem Gepäckträger festbinden. Ich bin mit dem Mofa hier.«

»Nicht nötig«, sagte Margit. »Ich habe ein Auto.«

Was sie dann noch sagte, hielt Max zunächst für einen Scherz.

ELFTES KAPITEL

Erst als sie ihm den Schlüssel zuwarf, kapierte Max, daß sie es ernst meinte.

»Sie müssen fahren«, wiederholte Margit. »Ich war heute vormittag zum Sektfrühstück eingeladen. Und dann das Bier. Das ist mir zu riskant.«

Eine giftgrüne *Sausss*-Ente stand unordentlich geparkt auf der Ecke vor einer Pferdemetzgerei.

Max wog den Schlüssel in der Hand und überdachte das Problem. Den Mief von Fahrschulen hatte er sein Leben lang gemieden. Andererseits hatte er Irmgards Skoda ein paar Mal mit Bravour über den Hof rangiert. Kennt man einen, kennt man alle.

Tür- und Zündschloß waren ein Kinderspiel. Dann wurde es komplizierter.

»Suchen Sie was?« fragte Margit.

»Hat der Automatik?« fragte Max und tastete zwischen den Sitzen herum.

»Der Schalthebel ist hier.« Margit zeigte auf eine Krücke, die unterhalb des Aschenbechers aus dem Armaturenbrett ragte.

»Natürlich«, sagte Max.

»Sind Sie noch nie Ente gefahren?«

»Nicht direkt. Nur noch mal zur Sicherheit: Die Bremse ist links?«

»Meine Güte! Links ist die Kupplung. Sie sind aber ganz schön aus der Übung.«

»Keine Panik«, sagte Max und zwinkerte. »Ich bin in Null Komma nichts wieder drin.«

Motor an, Gang rein, eine ordentliche Portion Gas – und Max' linker Fuß rutschte vom Kupplungspedal ab. Jaulend radierte die Ente zwei schwarze Streifen auf den Asphalt und jagte wimmernd die Alte Bismarckstraße runter.

»Um Himmels Willen!« schrie Margit. »Die Kurve!«

Die Vollbremsung war ein satter Erfolg, nicht zuletzt, weil Max mit beiden Füßen bremste. Dafür verstummte der Motor.

»Wo haben Sie denn den Führerschein gemacht?« fragte Margit. Etwas gequetscht, denn sie hing schwer im Gurt.

»Das ist 'ne lange Geschichte«, sagte Max und startete erneut, diesmal mit mehr Gefühl. »Erzähl ich Ihnen mal bei Gelegenheit.«

Nachdem sie die Schüttendelle überquert hatten und die Königstraße entlangrollten, hatte Max das Gefühl, mit der Technik des Wagens auf du und du zu sein. Kaum noch Bocksprünge, weitgehend geräuschlose Gangwechsel. Auch Margit schien das zu spüren, denn ihre Augen hatten wieder ihre normale Größe, und sie klammerte sich nicht mehr mit beiden Händen an den Gurt. Max faßte das als Ermutigung auf, eine Schüppe draufzulegen. Schließlich war Fahren nur eine Frage des richtigen Rhythmus'. Und Rhythmus hatte er seit seiner Kindheit im Blut.

Den Linksschwenk in die Hastener Straße erledigte er im großen Gang. Keine hundert Meter weiter war die Ente auf achtzig.

»It's only Rock and Roll, but I like it!« sang Max.

»Achtung!« schrie Margit. »Die Frau!«

»Welche Frau?«

Glücklicherweise war die Frau noch jung und sportlich dazu. Mit einem beherzten Sprung rückwärts katapultierte sie sich aus der Gefahrenzone. Links flog der Setzkasten vorbei. Rechts der Aldi. Der Berg wurde steiler. Die Ente schneller.

»Brems!« rief Margit. »Brems, verdammt noch mal!«

Das hätte Max liebend gern getan. Aber den Wagen auf der Straße zu halten, verlangte ihm alles ab. Da blieb keine Zeit für Kinkerlitzchen wie Bremsen. Beinahe waagerecht nahm die Ente die nächste Linkskurve. Für einen Moment schien es, als wolle sie im Quartier der Remscheider Billardfreunde auf eine Partie Carambolage vorbeischauen. Zu spät. Die nächste Kurve. Diesmal rechts rum.

Max steuerte, was er konnte. Voll über die Gegenfahrbahn. Die Lichthupe eines entgegenkommenden Busses. Margits Schrei. Geschafft. Und schon wieder eine Kurve. Die Funken flogen, als die Kotflügel der Ente die Leitplanke entgrateten.

»Jetzt reicht's aber!« Margit versuchte über Max' rechtes Bein hinweg die Bremse zu treten.

Es war nicht mehr nötig. Sie waren im Tal angekommen. Die Ente verlor auf den ersten Metern des Anstiegs nach Cronenberg rapide an Fahrt. So rapide, daß der nachfolgende BMW ihnen beinahe in den Kofferraum knallte.

»Halt an!« sagte Margit scharf. »Sofort.«

Max latschte auf die Bremse, was den BMW zu einem irrwitzigen Schlenker mit anschließendem Hupkonzert veranlaßte. Sie standen. Fahrerwechsel. Keiner blickte den anderen an. Keiner sagte ein Wort.

Das fiel erst, nachdem Margit auf der Hahnerberger Straße eine Telefonzelle entdeckt und angehalten hatte.

»Steig aus«, sagte sie, und Max konnte sich des Eindrucks nicht erwehren, daß sie ungehalten war, »und sieh nach, ob du in dem gottverdammten Telefonbuch die gottverdammte Anschrift von diesem gottverdammten Fotografen findest! Kapiert?«

Eine Ente ist eine Ente ist eine Ente. Auch unter Margits kundigen Händen wankte der Wagen beträchtlich, aber er lag wenigstens nicht quer. Um die Stimmung zu heben, betätigte sich Max als Fremdenführer und gab auf der Abfahrt nach Elberfeld die Geschichte von Tuffi, dem kleinen Zirkuselefanten, der den einzigen nennenswerten Schwebebahnunfall verursacht hatte, zum besten. Damit trug er allerdings Eiswürfel nach Grönland, denn wie sich herausstellte, stammte Margit aus Wipperfürth, der ältesten Stadt des Bergischen, und kannte Wuppertal besser als er. Aber wenigstens hatten sie so Gelegenheit, darüber zu streiten, in welchem Jahr sich der Unfall ereignet hatte. Max behauptete 1936, Margit 1950. Schließlich wetteten sie.

»Irgendwo zu Hause steht ein Heimatführer, da schlag ich nach«, sagte Max.

»Zeitverschwendung. Fürs Wetten hab ich 'n Händchen.«

»Dann kannst du ja meinen nächsten Lottoschein ausfüllen.«

Margit schnipste mit den Fingern. »Und genau dabei versag ich immer. Komisch, nicht?«

Sie hielten an einer roten Ampel.

»Hast du immer im Bergischen gewohnt?« fragte Max.

»Ich hab knapp zehn Jahre in Berlin gelebt. Ich bin erst vor einem Jahr zurückgekommen.«

»Zurück in die Beschaulichkeit.«

»Das war zwar nicht der Grund, aber recht hast du trotzdem. Seit sie die Mauer abgerissen haben, meint man, jeden Tag sei Schlußverkauf. Kennst du Berlin?«

»Westberlin. '83 und '85 war ich mal da.«

»Mit deiner Band?«

»Die gibt's in der Formation und unter dem Namen erst seit drei Jahren. Damals sind unser Drummer und ich noch allein rumgezogen.«

Die Ampel sprang um, und Margit legte den Gang ein. »Hast du nie was anderes gemacht?«

»Seit ich fünfzehn war nicht mehr.« Max öffnete das Klappfenster und schob den Ellbogen raus. »Hast du in Berlin studiert?«

»Abendschule. Hat aber nicht funktioniert. Ich mußte zuviel arbeiten.«

»Und weswegen bist du zurückgekommen?«

»Eins fünfundachtzig, graue Augen, schwarzer Schnäuzer. Genügt das?«

Max verspürte so etwas wie Seitenstechen. Verdammte Milz. Offenbar hatte er sich hinter dem Lenkrad doch überanstrengt.

»Ist er reich und katholisch?« fragte er.

Margit lachte. »Weder noch. Jedenfalls nicht, so lange wir zusammen waren.«

Das Seitenstechen verschwand so schnell, wie es gekommen war. Seltsame Geschichte. Sie kurvten an der Hauptpost vorbei, überquerten die anschließende Kreuzung und bogen links in die Neumarktstraße ab. Vorbei am McDonald's und am Alten Rathaus.

»Irgendwo hier muß es sein«, sagte Margit. »Guck mal nach den Hausnummern.«

Max konnte keine Nummer ausmachen. »Halt einfach an, wenn du eine Lücke siehst.«

Die Lücke ergab sich vor dem Kaufhof, gegenüber vom Mesopotamien Grill. Der Geruch von Fritierfett wehte herüber, als sie ausstiegen.

»Und jetzt?« fragte Margit.

»Das könnte das Gebäude sein«, sagte Max.

Ein schmieriger Passageneingang. *Starlite Videoverleih* lockte potentielle Kunden mit Gummipimmeln und Reizwäsche in der Auslage. Mittendrin ein Plakat. *The Year with Dolly Buster.*

»Worauf wartest du?« fragte Margit.

»Das ist ein Pornokino«, sagte Max.

»Das sehe ich. Aber zu irgendwas werden die Etagen darüber ja auch gut sein.«

Ein älterer Mann, der trotz der Jahreszeit einen langen Regenmantel trug, starrte Margit an, als sie an ihm vorbeiging.

»Hier sind Klingeln.« Sie winkte Max. »Nun komm schon.«

Tatsächlich. Gleich rechts vom Eingang zum Paradies für Männer in Regenmänteln war noch eine Tür. Zwei Reihen à sieben Klingeln. Über Trimborn Elektronik in der ersten Etage stand Boddental. Marco Boddental, Photoart.

Ohne allzuviel Hoffnung, den Fotoartisten an einem Freitagabend anzutreffen, drückte Max auf den Knopf. Zu seiner Überraschung summte gleich darauf der Türöffner.

»Du wartest besser hier unten«, sagte Max, als er die Tür aufdrückte.

»Okay, dann laß mir aber ein bißchen Kleingeld für die Peep-Show da.« Margit schlüpfte an ihm vorbei ins Treppenhaus. »Was glaubst du eigentlich, weshalb ich mitgefahren bin?«

Im trüben Licht der einzigen intakten Lampe stiegen sie in den zweiten Stock. Margit voran. Max konnte einen Hintern bewundern, der dem Saustall im Erdgeschoß den Umsatz glatt verdoppelt hätte. An der halb geöffneten Wohnungstür wartete ein Mann in einem hellblauen Seidenkimono. Sein Gesicht war lang und fahl. Die Frisur eine Leihgabe von Mireille Mathieu. Nur waren seine Haare hellblond.

»Mensch, wo bleibst du denn?« raunzte er Margit an. Dann entdeckte er Max. »Was will denn der hier?«

»Bodyguard«, sagte Max und drängte sich zwischen Margit und dem verblüfften Mann in die Wohnung. Ein kurzer Flur führte direkt in einen großen Raum, der nach Studio aussah.

»He, he!« Der Mann kam hinter Max her. Ein kleiner Diamantohrstecker reflektierte im Schein der Deckenleuchte. »He, ihr kommt doch nicht von Sascha. Und du bist auch nicht die Lizzy. Was wollt ihr hier?«

»Antworten auf ein paar Fragen«, sagte Max. »Bist du Boddental?«

»Natürlich bin ich Boddental«, sagte der Mann. »Paß auf, ich hab hier gleich 'ne wichtige Fotosession. Komm mir jetzt nicht mit irgend 'nem Killefitt.«

»Kein Killefitt«, sagte Max. »Tanja Werner.«

»Kenn ich nicht.« Boddentals Miene bekam etwas Lauerndes. »Wer soll das sein?«

»Du hast sie am letzten Freitag im Spitz angelabert.«

Boddental gluckste. »Wenn ich mir jede Frau merken wollte, die ich mal angesprochen habe ... Du siehst ja, ich arbeite mit Frauen.« Er machte eine vage Bewegung.

»Kann man so sagen.« Margit betrachtete angewidert die lebensgroßen Farbaufnahmen an den Wänden.

Durch die angelehnte Tür eines Nebenzimmers drang Gekicher. Max und Margit warfen sich einen schnellen Blick zu.

Boddental versperrte mit ausgebreiteten Armen den Zutritt. »Keinen Schritt weiter. Das ist Hausfriedensbruch.«

Margit täuschte an, und Max rempelte den Knipser mit einem sauberen Bodycheck aus dem Weg.

Das Zimmer war überhitzt und stank. Vier große Halogenscheinwerfer produzierten ein grelles Licht. Auf einem Couchtisch standen mehrere Wassergläser mit brauner Flüssigkeit. Daneben Strohhalme und eine Rasierklinge. Reste von weißem Pulver lagen verstreut auf der Glasplatte. Auf dem Teppichboden Fotos und Magazine der eindeutigen Art. Auf einer Art Diwan, der mit einem Satinlaken abgedeckt war, räkelte sich ein völlig nacktes, idiotisch grinsendes Mädchen. Bis zur Mittleren Reife hatte sie noch ein paar Tage Zeit.

Max marschierte zurück ins Studio.

»Noch mal zu Tanja Werner«, schnauzte er Boddental an, der zwischen Hilflosigkeit und Aggressivität schwankte. »Hast du sie seit letztem Freitag noch einmal gesehen?«

»Ich weiß gar nichts«, maulte Boddental. »Da war ich besoffen. Sucht eure Braut woanders.«

»Max.« Margit kam aus dem Zimmer, in dem das nackte Mädchen lag. »Guck mal, was ich hier habe.«

Keine Frage, die Fotos zeigten Tanja. Auf einigen in Jeans und T-Shirt, dann in wechselnden Dessous.

Max spürte, wie das Blut hinter seinen Schläfen pulste. Trotzdem war ihm eiskalt. Gleichzeitig wirbelte ein Bilderkarussell durch seinen Kopf. Ein totes blondes Mädchen. Ein meckernder Geldeintreiber. Ein ernster Kommissar. Wut kam ihm hoch.

Er hielt Boddental die Abzüge unter die Nase. »Wann hast du die gemacht?«

»Verpißt euch!« keifte Boddental. »Das geht euch einen Scheiß –«

Max' Linke kam ansatzlos. Der Knipser konnte nicht einmal mehr blinzeln. Er kippte weg und riß zwei Stative nebst Kameras mit zu Boden.

Um so erstaunlicher, wie schnell er wieder auf den Beinen war. Mit wutverzerrtem Gesicht stürzte er auf Max zu. Der wich aus und trat Boddental gegen die Kniescheibe. Boddental ging stöhnend zu Boden. Besser konnte es nicht kommen. Max holte aus und trat noch einmal zu. Boddental wurde ausgehoben und klatschte rücklings auf den Teppich.

»Hör auf«, sagte Margit und hielt Max an der Schulter zurück. »Das reicht.«

Boddental hatte die Augen geschlossen und röchelte. Max hockte sich neben ihn.

»Wann hast du die Fotos von Tanja gemacht?« fragte Max.

Ein Hustenanfall machte die Antwort unverständlich. Max wiederholte seine Frage.

»Samstag«, stöhnte Boddental, ohne die Augen zu öffnen. »Sie kam am Samstag.«

»Wann am Samstag?«

»Mittags.«

»Weiter.«

»Mit den Dessous hat sie noch posiert, aber als ... als sie sich ausziehen sollte, hat die frigide Pute gekniffen.«

»Und dann?«

»Nichts.«

»Ich warne dich, du Schmutz!«

»Nein!« Boddental blinzelte. »Ehrlich. Nichts weiter. Sie ist gegangen. Ich arbeite nur mit Freiwilligen.«

»Freiwillige, die du mit Koks gefügig machst!« schrie Max und holte aus.

»Max!« Das war Margit. »Bitte!«

Max ließ den Arm wieder sinken. »Und danach hast du sie nicht mehr gesehen?«

Boddental erlitt einen weiteren bösen Hustenanfall. Dann schüttelte er den Kopf. »Nie wieder. Nur das eine Mal. Das schwöre ich.«

»Und wo warst du am letzten Dienstag zwischen acht und zehn Uhr abends?«

»Was?«

»Du hast mich verdammt gut verstanden«, sagte Max. »Also?«

»Wir haben gezockt«, sagte Boddental noch immer stoßweise. »Sascha, Schmackes, der lange Unhold und ich. Kannst sie alle fragen.«

Max stand auf. »Laß uns gehen. Von dem Typ krieg ich die Krätze.«

»Und das Mädchen?« fragte Margit.

»Da steht ein Telefon«, sagte Max. »Ruf die Bullen an.«

Das Eintreffen der Streife warteten sie im Wagen ab. Die Beamten brauchten keine fünf Minuten, bis sie mit dem in Decken gehüllten Mädchen wieder herauskamen.

Die Rückfahrt nach Remscheid verlief schweigend. Jeder war mit seinen Gedanken beschäftigt. Max mit vorwiegend düsteren.

Vor dem Brick House fehlte die Solex.

Max war fassungslos und deutete in den nächtlichen Himmel. »Irgendwer da oben muß es auf mich abgesehen haben.«

»Nun übertreib mal nicht.« Margit gähnte. »Genügt dir ein Küchensofa als Schlafplatz? Nicht sehr bequem, aber besser als eine Parkbank.«

Alles, was Max zustande brachte, war ein müdes Lächeln. »Wenn die Küche auch einen Kühlschrank hat, in dem noch ein Bier steht.«

»Sogar zwei.«

Max war eingeschlafen, bevor seine Flasche halbleer war.

Margit deckte ihn zu und löschte das Licht.

DREIZEHNTES KAPITEL

Samstag, 3. September

In Ermangelung eines Kopfkissens hatte Max mit dem Kopf auf dem linken Arm geschlafen. Der Bizeps hatte nun ein Muster, und der Arm war taub.

Während Max ihn schlenkerte, um die Durchblutung anzuregen, kam Margit aus dem Bad. Sie trug einen kurzen Frottee-Bademantel mit Micky-Mouse-Aufdruck und war barfuß. Erfreut bemerkte Max, daß sie auf den Ballen lief und nicht plattfüßig auftrat, wie viele andere Frauen, wenn sie mal ohne Schuhe gingen. Irmgard zum Beispiel.

»Ich habe dir ja gesagt, ich bin nicht auf Gäste eingerichtet«, sagte Margit. »Kaffee und Toast?«

Max stellte seine Freiübung ein. »Kaffee genügt.«

Während Margit auf der Arbeitsfläche hantierte, stieg Max in seine Stiefel.

Margit sagte über die Schulter: »Wenn uns der Besuch bei diesem Schmuddelfotografen doch nur weitergebracht hätte.«

»Hat er doch«, sagte Max. »Immerhin wissen wir, wo Tanja den Großteil des Samstags verbracht hat.«

»Aber wo war sie danach? Ich weiß überhaupt nicht, wie wir das herausfinden könnten.«

Max freute sich, daß sie »wir« gesagt hatte. »Das werden wir schon, keine Sorge.«

Margit seufzte und klemmte zwei Scheiben Toast in den Röster. »Wenn du dir die Zähne putzen willst, im Bad liegt eine Lufthansa-Zahnbürste, die ist noch unbenutzt. Das Handtuch rechts vom Becken ist für Besuch.«

Als Max fünf Minuten später mit frischem Atem zurückkehrte, dampfte auf dem Tisch Kaffee aus zwei Porzellanbechern. Margit saß auf dem Sofa, kaute gebutterten Toast und blätterte in einer Frauenzeitschrift.

Max setzte sich und pustete in seinen Becher. »Wie spät ist es eigentlich?«

»Halb elf.«

»Halb elf? Scheiße!«

Margit blickte auf. »Wieso?«

»Um elf haben wir Probe. Heute abend treten wir auf.«

»Wo?«

»Die Probe oder der Auftritt?«

»Eigentlich der Auftritt.«

»Kölner Hof in Opladen. Geprobt wird in meiner Scheune.«

Margit stand auf und schob den letzten Bissen Toast in den Mund. »Ich fahr dich nach Hause. In fünf Minuten bin ich fertig.«

Tatsächlich brauchte sie fünfzehn.

Die Einfahrt zu Max' Hof war von einem rostigen VW LT Kasten verstellt.

Margit bremste die Ente ab und fragte: »Besuch?«

»Bloß nicht«, sagte Max.

»Soll ich als Verstärkung mitgehen?«

»Nicht nötig. Danke für's Chauffieren.« Max kratzte sich an der Nase, obwohl es da nicht juckte. »Hast du Lust, heute abend zu kommen?«

»Kann ich noch nicht sagen. Um wieviel Uhr geht's denn los?«

»Um acht.«

»Mal sehen.«

»Würde mich freuen. Tschüß. Und nochmal danke.«

»Nichts zu danken. Tschüß.«

Max stieg aus und tätschelte das Stoffdach der Ente. Margit setzte zurück, und er quetschte sich an dem Kastenwagen vorbei.

Außer dem VW standen auf dem Hof noch der Skoda und der Blitz, schräg davor lauerte Königs Jaguar. Die Hecktüren des Transporters standen offen. Die Sachen, die sich auf der Ladefläche stapelten, waren mit Decken verhängt. Davor saß ein Mann in einer Latzhose und wischte sich mit dem Handrücken über die Stirn.

»Was machen Sie hier?« fragte Max.

»Pause«, sagte der Mann. »Sie haben nicht zufällig 'ne Flasche Sprudel?«

Aus dem Haus kam lautes Gezeter. Die eine Stimme war die von König, die andere war Chicos. Max ging hinein. Das Gebrüll kam aus dem Wohnzimmer.

Ein stämmiger Mann in blauer Montur stand mitten im Raum, einen von Max' Gitarrenkoffern in den Händen, und wirkte unschlüssig. König stand zwei Meter daneben und machte auf einem Zettel ein Häkchen. Chico war nicht zu sehen, aber dafür um so besser zu hören.

»Die Strat bleibt hier!« brüllte er. »Die ist Privateigentum.«

König schüttelte den Kopf und sagte, ohne von seinem Zettel aufzusehen: »Irrtum. Noch Schulden drauf. Raus damit.«

Der Mann in der blauen Montur machte einen Schritt, entdeckte Max und blieb wieder stehen.

»Was ist?« fragte König und sah auf.

»Was gibt's denn hier für einen Zirkus?« fragte Max.

Chico tauchte in der Tür auf. »Max! Gut, daß du da bist. Diese Ratte läßt alles wegschleppen, was nicht niet- und nagelfest ist.«

»Nur mein Eigentum«, sagte König. »Hallo, Max!«

Max' Wangenknochen traten hervor. »Was soll das, Theo?«

»Sicherstellung nennt man so etwas.« Theatralisch wie ein Stummfilmstar hielt König seine Rolex in Augenhöhe. »Punkt null Uhr ist unser Vertrag ausgelaufen, und ihr habt fünfzig Mille Schulden bei mir. Ich stelle lediglich mein Eigentum sicher. Das ist mein gutes Recht.«

»Die PA hat er schon einladen lassen«, sagte Chico und machte dazu ein Gesicht, als müsse er mit den Wildecker Herzbuben ein Ständchen singen.

»Meine PA«, sagte König mit Nachdruck. »Ihr schuldet mir allein dafür noch zehntausend.«

»Spinnst du jetzt völlig?« fragte Max. »Wir treten heute abend auf. Sollen wir da auf dem Kamm blasen, oder was?«

»Arbeiten sollt ihr«, sagte König. »Müßt ihr sogar. Sonst könnt ihr eure Schulden nicht zahlen. Deshalb hab ich euch auch 'ne Ersatz-PA mitgebracht.«

»Ersatz!« Chico platzte beinahe. »Den Zeck-Dreck von den Hippen gegen unsere edle Turbo-Sound.«

Max starrte vor sich hin, wirkte auf einmal völlig entrückt. Die drei anderen starrten ihn an. Keiner rührte sich.

So lange, bis Max mit dem Kopf ruckte und sagte: »Okay.«

»Was?« Chico faßte ihn am Arm. »Willst du ihn damit etwa durchkommen lassen?«

»Ja«, sagte Max. »Aber die Gitarre bleibt hier.«

Der Mann in der blauen Montur, der sich gerade wieder in Bewegung gesetzt hatte, stoppte erneut.

»Für die Strat mußt du noch knapp tausend abstottern«, sagte König. »Aber dir bleibt ja die Marshall.«

»Du buchst die Schulden von der Strat auf die PA.« Max sagte das völlig ruhig, aber es klang so endgültig wie ein BGH-Urteil. »Falls nicht, hol ich den Hund.«

Der Mann in der blauen Montur riß die Augen auf. »Ein Hund? Sie haben mir nichts von einem Hund gesagt.«

König winkte ab. »Blödsinn! Der Köter ist uralt und lammfromm.«

»Ne, ne, ne.« Der Mann in der blauen Montur sah sich panisch um und legte den Gitarrenkoffer in einen der Sessel. »Mit Hunden hatte ich schon als Kind Schwierigkeiten.« Mit durchgedrücktem Kreuz, als schnappe eine Meute vorbestrafter Pitbulls nach seinem blauen Hintern, schob er sich schleunigst an Max vorbei.

Max schaute König an. Der kritzelte etwas auf seinen Zettel und verstaute ihn in der Brieftasche. Für einen Augenblick sah es so aus, als wolle er noch etwas loswerden, dann beließ er es aber bei einem Kopfschütteln und marschierte durch die Tür.

Als sie allein waren, fragte Max: »Wo steckt Curd?«

»In der Scheune«, sagte Chico. »Paßt auf, daß sie dir nicht auch noch die Mistforke klauen.«

Max nahm den Gitarrenkoffer aus dem Sessel. »Testen wir die Zeck.«

Als sie über den Hof gingen, fragte Chico: »Was ist eigentlich mit deiner Hand?«

»Die Kühlschranktür«, sagte Max.

Diesmal saßen sie zu dritt vorn. Curd hinter dem Lenkrad, Max in der Mitte, Chico rechts. Alle drei mit Sonnenbrillen, denn die untergehende Sonne schickte ihre letzten Strahlen fast waagerecht über das Vorgebirge und die Kölner Bucht. Keiner sagte einen Ton. Erst kurz vor dem Leverkusener Kreuz machte Chico den Mund auf.

»Hippenscheiße«, sagte er. »Zeck! Klingt, wie sie heißt.«

»Wie 'n Kofferradio«, sagte Curd.

»Aber bestenfalls Schaub-Lorenz, Baujahr '65«, sagte Max.

Curd zog angewidert einen Mundwinkel hoch. »Und stinkt.«

»Nach Aschgereits Ziegenstall«, sagte Max.

»Urrgh!« machte Chico und kurbelte das Fenster runter.

Max zog den Van Nelle aus der Jacke.

»Dreh mir eine mit«, sagte Curd. »Wo hast du gestern eigentlich gesteckt? Ich hab ein paar mal bei dir angerufen.«

»Genau«, sagte Chico. »Wo warst du?«

Max zog die Zungenspitze über die Gummierung. »Ich war in eigener Sache unterwegs.« Dann folgte eine knappe Zusammenfassung dessen, was sich am Vortag ereignet hatte.

»Sherlock Hellenrath«, kommentierte Curd, setzte den Blinker und zog den Blitz auf die Abbiegespur zur A3 Richtung Oberhausen.

Chico grübelte. Schließlich sagte er: »In den nächsten drei Wochen haben wir elf Gigs. Und die Einnahmen brauchen wir so dringend wie Clapton seine verlorenen Eier. Konzentrier dich auf die Musik, Max. Laß das alberne Detektivspielen.«

»Gerne«, sagte Max. »Und wer beweist dann meine Unschuld? Die Bullen sammeln doch nur Material, das mich belastet.«

»Mensch, hier geht es um Mord, nicht um Ladendiebstahl«, sagte Chico. »Das ist was für Profis.«

»Seit wann stehst du denn auf Bullenarbeit?« fragte Curd quer rüber.

»Quatsch«, antwortete Chico. »Aber ich frage mich, wie Max herausfinden will, was Tanja von Samstag abend bis Dienstag nachmittag gemacht hat. Soll er 'n Inserat aufgeben?«

Max drückte seine Zigarette im Aschenbecher aus. »Ich glaube, der springende Punkt sind die zweitausend Mark und der Schmuck. Wenn ich nur wüßte, woher die stammen.«

»Wenn, wenn, wenn«, äffte Chico.

Sie verließen die Autobahn in Opladen und kamen über die Bonner Straße auf die B8.

Chico zeigte aus dem Fenster. »Da ist 'n McDonald's. Fahr mal ran, ich hab Kohldampf.«

»Erst wird gearbeitet«, sagte Max. »Mit leerem Bauch trommelst du sowieso besser.«

Curd lenkte den Blitz von der Kölner in die Wilhelmstraße und stoppte nach fünf Metern.

»Geh mal rein und frag, wo der reservierte Parkplatz ist«, sagte er. »Ich seh hier nichts.«

Chico öffnete die Tür, aber bevor er aussteigen konnte, stand Arno neben dem Wagen.

»Hallo, Leute«, rief er.

»Hallo, Arno«, sagte Chico. »Ist die Bude schon voll?«

Arno verzog den Mund. »Eher mau.«

»Jetzt geh endlich rein und frag, wo ich die Karre abstellen kann«, sagte Curd. »Ich kann hier nicht ewig stehenbleiben.«

Chico turnte aus dem Blitz und verschwand hinter der hellblauen Fassade des Kölner Hofs.

Keine zwei Minuten später war er wieder da und lehnte sich schwer gegen die offene Tür. In seinen Zügen spiegelte sich eine Mischung aus Fassungslosigkeit und Wut.

»Der Gig ist abgesagt«, sagte er.

Max nahm die Sonnenbrille ab. »Was redest du da?«

»Abgesagt«, sagte Chico. »Wegen der Sache mit Tanja.«

»Unfaßbar«, sagte Arno. »Da sollte man doch ... «

Max stieg aus. »Ich red mal selbst mit Herbert.«

Chico hielt ihn am Arm zurück. »Max, geh da jetzt nicht rein. Es ist schließlich auch wegen dir.«

Max machte sich los. »Deswegen will ich ja rein.«

Herbert, der Wirt, hatte einen schwarzen Mecki, einen borstigen schwarzen Schnäuzer und war gebaut wie eine Litfaßsäule. Das Hawaiihemd, in dem er steckte, hätte auch als Familienzelt getaugt. In Seelenruhe zapfte er zwei Pils.

»Tag, Herbert«, sagte Max und lehnte sich an die Theke.

»Hallo, Max«, sagte Herbert. »Sorry wegen der Absage.«

»Warum? Sag mir bloß, warum?«

Herbert war die Situation sichtlich unangenehm. Er wich Max' Blick aus und versuchte, auf den Boden zu blicken. Aber das ging nicht, wegen seiner Wampe. Also zupfte er sich ersatzweise am Ohrläppchen.

»Ich hab doch keine andere Wahl, Max«, sagte er. »Nach dem, was in der Zeitung stand.«

»Wieso? So lange ich nicht verurteilt bin, bin ich unschuldig.«

»Sicher, Max. Wenn's nur nach mir ginge, könntet ihr spielen. Gar keine Frage. Aber da gibt's Zwänge, weißt du.«

»Herbert, wir brauchen das Geld«, sagte Max eindringlich.

Herbert wand sich, so gut es sein Umfang zuließ. »Ich hab knallharte Auflagen von der Stadt. Denen waren wir schon immer ein Dorn im Bürokratenarsch. Die warten doch nur darauf, mir was anhängen zu können. Und dann ist meine Konzession futsch.« Er beugte sich über die Theke, wofür er zuerst sorgsam seinen Bauch auf den Ablauf hievte. »Es gibt Gerüchte, daß irgendwelche Idioten deine Geschichte zum Anlaß nehmen wollen, hier Randale zu machen. Du weißt doch, solchen Typen ist alles recht. Und 'ne anständige Security hab ich so kurzfristig nicht mehr auf die Reihe gekriegt. Tut mir wirklich leid, Max. Aber das riskier ich nicht.«

»Wenn alle so denken, sind wir erledigt.«

»Ich hoffe, der Fall klärt sich schnell auf. Dann holen wir den Gig nach.« Das klang so zuversichtlich, als beschwöre er seinen Glauben an den Osterhasen. »Nichts für ungut, Max.«

Max sagte nichts, starrte Herbert nur an. Dann schluckte er alles runter, was ihm auf der Zunge lag, klemmte sich die Sonnenbrille wieder auf die Nase und ging.

Am Ausgang stieß er mit einer jungen Frau zusammen, die ein kurzes weißes Kleid mit dunkelblauen Punkten trug.

»Entschuldigung«, murmelte Max.

»Von mir aus öfter«, sagte sie.

Max blieb stehen. Die Frau lächelte. Hochgesteckte Haare, Sonnenbrille in Schmetterlingsform, das Kleid und weiße Pumps. Max schnupperte.

»Gianni Versace«, sagte er.
»Ein feines Näschen«, sagte sie.
»Der Flacon stand neben der Lufthansa-Zahnbürste. Kannst du Spaghetti kochen?«
»Wenn du sie à la Margit magst. Aber was ist mit eurem Auftritt?«
»Das erzähl ich dir unterwegs.«

Margit und Max fuhren mit der Ente vorneweg, Curd und Chico folgten im Blitz. An der ersten ernsthaften Steigung verschwand der Blitz aus dem Rückspiegel. Arno hatte sich bereits in Opladen verabschiedet.

»Langsam machst du Hiob Konkurrenz.« Das war Margits Resümee, nachdem Max ihr erzählt hatte, was vorgefallen war.

Max blickte zur Seite. Durch das offene Verdeck spielte der Fahrtwind mit einigen Strähnen, die sich aus Margits Frisur gelöst hatten. Ein schöner Anblick.

Nachdem Max ihn eine Weile genossen hatte, sagte er: »Das Schlimme ist, daß ich Herbert sogar verstehen kann.«

Margit seufzte. »Hoffentlich reicht dein Verständnis auch für das, was noch kommt. Wann steht euer nächster Auftritt an?«

»Montag. Open Air in Schloß Burg. Aber den Gig veranstalten wir selbst. Also findet er statt.«

»Keine Sicherheitsbedenken wie Herbert?«

»Mich jetzt zu verkriechen, käme mir wie ein Schuldeingeständnis vor.«

Die Ente tuckerte durch Arnzhäuschen.

»Du mußt mir aber sagen, wo ich abbiegen muß«, sagte Margit. »Bei Tag sah das alles anders aus.«

»Da oben, auf der Kuppe.«

Langsam tasteten sich die Scheinwerfer der Ente die Straße nach Höhe entlang und beleuchteten Obstbäume und schiefe Zäune. Strichen jetzt über die Stichstraße. Noch zwanzig Meter bis zum Gehöft. Kein Licht im Haus. Nicht einmal die Funzel neben der Haustür war eingeschaltet.

Max legte seine Hand auf Margits Unterarm.

Sie verstand, bremste und stellte den Motor ab. Die Scheinwerfer erloschen.

Die schwarzen Gebäude warfen schwarze Schatten. Kein Laut von Bessie.

»Du bleibst hier«, flüsterte Max. »Ich seh erst mal nach, ob alles in Ordnung ist.«

»Du solltest besser auf deine Freunde warten.«

»Bis die hier sind, ist Weihnachten.«

Max stieg aus, lehnte die Beifahrertür nur an und huschte geduckt bis zur Scheune. Er preßte sich an die Wand und wartete. Das Holz war noch warm von der Abendsonne. Als sich seine Augen an die Dunkelheit gewöhnt hatten, spähte er um die Ecke.

Der Hof. Leer. Kein Fahrzeug außer dem Skoda. Aber das mußte ja nichts heißen.

Gebückt und lautlos überquerte Max den Hof. Er drückte sich an die Hauswand und schob sich unter dem Wohnzimmerfenster hindurch. Schlich bis zur Haustür.

Die Tür stand spaltweit offen.

Max verspürte ein Kribbeln im Genick, das sich langsam zwischen seine Schulterblätter abseilte. Sein Mund war trocken wie die Sahara.

Jenseits der Tür lehnte der Besen an der Hauswand, mit dem Wolle den Hof fegte. Der Stiel war um zwanzig Zentimeter abgesägt, damit der Besen nicht länger war als sein Benutzer.

Mit einem Satz war Max an der Tür vorbei und schnappte sich den Besen. Dann schob er mit dem Stiel die Tür auf. Die Tür knarrte, aber das war normal.

Ein schneller Blick in den Flur. Finster wie Heiligabend in Alaska. Max lauschte – und erstarrte. Ein Geräusch drang aus der Küche. Als sei ein Stuhl gerückt worden. Es war doch jemand da.

Okay, sagte Max sich, diesmal gibt's die Jacke voll.

Vorsichtig schob er sich in den Flur, immer dicht an der Wand. Den Besen hielt er mit beiden Händen wie eine Keule gepackt, bereit zuzuschlagen.

Die Küchentür stand weit offen. Nur verschwommene Konturen. Der Tisch, ein Stuhl. Der mannshohe Kühlschrank brummte.

Max tastete mit der lädierten Hand um die Ecke nach dem Lichtschalter. Er drehte ihn, und Licht flammte auf.

Aber nicht die Deckenleuchte, sondern eine Taschenlampe. Der Strahl traf Max mitten ins Gesicht.

In der gleichen Sekunde schwirrte etwas durch die Luft und bohrte sich unmittelbar neben Max' Kopf in den Türrahmen. Dazu rief eine vertraute Stimme: »Dunnerkiel, daneben.«

»Wolle, du raderdoller Schrat«, schrie Max. »Ich bin's. Willst du mich umbringen?«

»Ach, du bist es. Hab gedacht, du wärst jemand anderes.«

Max zog den Pfeil aus dem Rahmen. »Wen hast du erwartet? Den Geist von Sid Vicious?«

Wolle stützte sich auf den Bogen und polkte an seiner Nase. »Ne, hab gedacht, der fiese Knochenbrecher wär noch mal gekommen und ...«

Erst jetzt realisierte Max, daß die Taschenlampe von einer zweiten Person gehalten wurde. Am Rand des Lichtkreises tauchte ihr Gesicht auf. Verängstigt und mit großen dunklen Augen.

Sonja.

Die Spaghetti à la Margit scheiterten daran, daß es im Haus weder Tomaten noch Knoblauch noch Basilikum noch Olivenöl gab. Ganz abgesehen davon, daß keine Spaghetti da waren. So wurde Wolle, der wegen des Anschlags auf Max was gut zu machen hatte, dazu verdonnert, seine berühmten Döuwels Pillekuchen zu machen.

Während Curd und Chico, die endlich eingetroffen waren, noch einmal loszogen, um an der Tankstelle Bier zu kaufen, schälten Margit und Max Zwiebeln und Kartoffeln. Sonja durfte die Kartoffeln anschließend raspeln, und ein mehlbestäubter Wolle gab dem angerührten Teig den letzten geheimen Pfiff. Ein Geheimnis, das Max in dem kleinen Flachmann vermutete, aus dem der Schrat sich von Zeit zu Zeit stärkte. Selbstgebrannter Wacholder.

Butter, frisches Schwarzbrot und ein Tiegel selbstgemachtes Rübenkraut standen bereit, als die ersten dampfenden Pillekuchen auf den Tisch kamen. Sie aßen schweigend und mit Genuß.

»Teuflisch gut.« Max ließ sich ächzend gegen die Stuhllehne fallen. »Wolle, du kriegst Bewährung.«

Wolle blinzelte ihn verschmitzt an. »Hab noch 'ne Überraschung.« Er ging zum Brotkasten und präsentierte der Runde stolz ein großes, rundes, in Alupapier eingewickeltes Paket. »Rodonkuchen. Von meiner Mutter. Das Beste, was man zwischen zwei Schwarzbrotscheiben klemmen kann.«

Jetzt wurde er sogar begnadigt.

Wolle besorgte den Abwasch. Curd und Chico zogen sich mit einer halben Flasche Tillmanns und dem restlichen Kasten Früh ins Wohnzimmer zurück und ließen die Kronkorken fliegen. Sonja, Margit und Max saßen in dem kleinen Raum, der je nach Bedarf als Arbeitszimmer, Gästezimmer oder Abstellkammer diente.

»Wie bist du hergekommen?« fragte Max.

»Getrampt.« Sonja nippte an ihrer Cola. »Für den Bus hatte ich kein Geld.«

»Ist dir noch was eingefallen? Etwas, das Tanja betrifft?«

Sonja biß sich auf die Unterlippe. »Ich wußte nur nicht, wohin sonst. Tut mir leid, wenn ich euch störe.«

»Unfug«, sagte Margit. »Du bist also abgehauen?«

Sonja nickte energisch. »Und ich geh auch nie wieder zurück.«

»Was ist passiert?«

Die Tür ging auf, Bessie kam herein und legte sich neben Sonjas Stuhl. Sonja beugte sich runter und kraulte den Hund im Genick. Max machte sich im Sitzen lang und schob die Tür mit der Stiefelspitze wieder zu.

»Ein Hund müßte man sein«, sagte Sonja leise.

Margit warf Max einen Blick zu, der alles mögliche bedeuten konnte. Als er fragend die Schultern hob, deutete sie mit dem Kopf zur Tür.

»Ich hol mir noch ein Bier«, sagte Max und stemmte sich aus dem Sessel.

Die Küche war verwaist, und Wolle war verschwunden. Im Wohnzimmer stumpften Curd und Chico in die Glotze. Schmidteinander. Tonlos. Dafür lief auf voller Lautstärke eine alte Flamin' Groovies Kassette zum Mitwippen. Max zog die Stiefel aus, streckte sich auf dem Zweisitzer aus und packte sich ein Kissen aufs Gesicht.

... first plane home, first plane home.
Got to get the first plane home ...

Keine zwei Minuten später war er eingeschlafen.

Max spürte ihre Gegenwart, ehe sie ihn an der Schulter berührte. Er schob das Kissen weg.

Margit saß an seiner Seite, die Hände zwischen den Knien eingeklemmt. Sie sah mitgenommen aus. Curd und Chico waren verschwunden und lagen wahrscheinlich schon in ihren Schlafsäcken auf dem Heuboden. Bis auf die Stehlampe waren alle Lampen ausgeschaltet.

»Probleme?« fragte Max und entfernte einen Fussel, den der gehäkelte Bezug an seinen Lippen hinterlassen hatte.

»Sie schläft jetzt«, sagte Margit. »Oben, in dem großen Bett.«

»Das ist meins«, sagte Max.

»Pech für dich.«

Margit stand auf, damit Max sich aufsetzen und die Beine herumschwingen konnte. Dann setzte sie sich neben ihn und griff nach ihrer Handtasche, die auf dem Couchtisch lag. Zwei Benson & Hedges waren noch in der Packung. Max mußte sich verrenken, um sein Feuerzeug aus der Hosentasche zu bekommen. Schweigend rauchten sie eine Weile. Ab und zu schielte Max auf Margits Beine.

»Tanja wurde seit mehr als einem Jahr von ihrem Stiefvater mißbraucht«, sagte Margit plötzlich. »Und heute nachmittag hat er es bei Sonja versucht.«

Max unterließ das Schielen.

Margit drückte ihre Zigarette auf der Untertasse aus, die als Aschenbecher diente. »Zunächst sporadisch, dann immer häufiger. Irgendwann hat sie es nicht mehr ausgehalten und es ihrer Mutter erzählt. Die hat sie dafür verprügelt. Hat Tanja vorgeworfen, sie wolle ihr den Mann wegnehmen. Das muß man sich mal vorstellen!«

Max räusperte sich. »Hat die Alte da schon gesoffen?«

»Wäre das eine Entschuldigung?« fuhr Margit auf.

Max ging darauf nicht ein. »Wann hat Sonja davon erfahren?«

»Geahnt hat sie es wohl schon länger. Gesagt hat Tanja es ihr erst vor ein paar Wochen.«

»War denn sonst keiner da, an den sich die Mädchen hätten wenden können?«

»An wen denn?« fragte Margit wild. »Etwa an die Polizei? Oder vielleicht an's Jugendamt?«

»Ich dachte eher an den leiblichen Vater«, sagte Max ganz ruhig.

»Der ist wieder verheiratet und lebt im Ausland. Zu ihm besteht schon seit Jahren kein Kontakt mehr.«

Max stand auf und holte zwei Dosen Alt und zwei Gläser aus der Küche. Aber Margit mochte nicht, also trank er allein. Lange sagte keiner der beiden ein Wort. Margit starrte auf ihre Fingernägel, und Max sah dem Schaum zu, der im Glas Karussell fuhr.

Schließlich war es Margit, die wieder den Anfang machte. »Vielleicht war er es, der Tanja umgebracht hat. An dem Abend war er jedenfalls nicht zu Hause, das hat Sonja gesagt.«

»Wen meinst du jetzt?«

»Na, Hans, den Stiefvater.«

»Unwahrscheinlich«, sagte Max. »Wie hätte er wissen können, daß Tanja in Wermelskirchen war?«

»Aber irgendwen hat doch dieser Blödmann gesehen, der dich belastet hat.«

»Kann sein, kann nicht sein.« Max balancierte sein Glas auf dem linken Knie. »Keine Ahnung, warum Aschgereit sagt, er hätte mich gesehen, oder ob er überhaupt was gesehen hat. Aber daß er mich mit dem tollwütigen Tankwart verwechselt hat, glaub ich nicht.«

»Auf jeden Fall gehört das Schwein hinter Gitter.«

Was in Margits Augen funkelte, war mehr als Anteilnahme. Max sagte nichts, aber Margit erkannte, daß er es bemerkt hatte.

Sehr leise sagte sie: »Als ich fünfzehn war, hat ein Bruder meines Vaters mich vergewaltigt. Er kam von der Kirmes und war betrunken. Ich war allein zu Hause. Er fiel über mich her wie ein Tier. Vierzehn Jahre ist das her, und ich rieche noch immer seine Schnapsfahne, wenn ich daran denke.« Ihre Knöchel waren weiß, so sehr ballte sie die Fäuste. »Am nächsten Tag habe ich es dann meiner Mutter erzählt, und die hat es meinem Vater gesagt. Ich hab so gehofft, mein Vater würde seinen Bruder erwürgen oder erschießen. Aber nichts dergleichen ist passiert. Er hat ihn nicht einmal verprügelt. Statt dessen hat er ihm einen Job auf Montage irgendwo in Saudi-Arabien besorgt. Für meine Eltern war der Fall damit erledigt. Sie haben nie wieder darüber gesprochen. Ich mußte versprechen, niemandem davon zu erzählen. Ein Jahr danach bin ich weggelaufen.«

Max ließ ihr etwas Zeit, dann fragte er: »Warst du nie wieder da?«

»Einmal. Vor zwei Jahren, zur Beerdigung meiner Mutter. Mein Vater kam vor versammelter Verwandtschaft auf mich zu und sagte: ›Als deine Mutter dich gebraucht hat, warst du nicht da. Was willst du jetzt hier?‹ Das war alles. Danach war ich für ihn nur noch Luft.« Sie atmete tief durch. »Onkel Ernst war auch da. Der, der mich vergewaltigt hat. Bei seinem Anblick hätte ich mich beinahe übergeben.«

Auf einmal lachte sie auf. »Abends hab ich dann einen Spaziergang durch Wipperfürth gemacht. Es war schon dunkel, und plötzlich kam mir Onkel Ernst entgegen. Allein und sturzbetrunken. Da hab ich mir gesagt: ›Jetzt oder nie.‹«

Max blickte sie fragend an.

»Ich bin zu ihm hin und hab ihm mit voller Wucht zwischen die Beine getreten. Er ist umgekippt und hat gekotzt und geschrien. Bevor jemand kam, bin ich abgehauen. In der gleichen Nacht bin ich noch zurück nach Berlin gefahren. Das Beste ist ... « Margit lachte erneut auf. »Ich glaube, er hat mich nicht einmal erkannt.«

»Er wird später darauf gekommen sein«, sagte Max.

»Das hoffe ich«, sagte Margit. »Das hoffe ich wirklich.«

Max leerte seine Dose ins Glas. Margit gähnte gegen ihren Handrücken.

»Das Sofa kann man ausklappen«, sagte Max. »Ich geh rüber und schlaf in der Scheune.«

Ihre Augen trafen sich. Margits Blick war klar und fest.

»Ich habe keine Angst vor Männern«, sagte sie.

»Du mußt mir nichts beweisen«, sagte Max.

»Das hab ich auch nicht vor. Aber ich kuschel gern.«

Fünf Minuten später lagen sie Seite an Seite auf der Bettcouch, und Margit schmiegte sich an Max' Arm.

Max fand, daß das für den Anfang gar nicht schlecht war. Sicher, ein bißchen mehr wäre nicht schlecht gewesen, aber ihm war auch klar, daß er damit alles vermasseln würde. Also pfiff er seine Libido zurück, schloß die Augen und war brav.

Zumindest für diesmal.

SECHZEHNTES KAPITEL

Sonntag, 4. September

Das Telefon.

Max schreckte hoch, drehte sich um und kippte von der Couch.

Bis er endlich wußte, wo er war, hatte es aufgehört zu klingeln. Die Ruhe währte jedoch keine halbe Minute, dann ging es wieder los. Max stöhnte, kroch blinzelnd zu der selbstbemalten wurmstichigen Anrichte und holte den Apparat zu sich auf den Teppich.

»Max?« Das war Arnos Stimme.

»Was willst du um diese unchristliche Zeit?«

»Na, hör mal. Es ist fast zehn.«

»Sag ich doch.«

»Was ist los? Du hörst dich an, als seist du aus dem Bett gefallen.«

»Witzbold.« Max nahm den Hörer in die andere Hand und kratzte sich am Brustbein. »Was gibt's?«

Arno holte tief Luft. »Eigentlich wollte ich ja heute 'ne Reportage über euren Gig schreiben, aber der ist ja leider ins Wasser gefallen. Also hab ich mir gedacht, ich schreib einfach, warum der Gig nicht stattgefunden hat. Über die Gründe für die Absage, wie die Leute darauf reagiert haben und so weiter. Deshalb hab ich gestern abend auch gleich den Wirt vom Kölner Hof interviewt und dazu ein paar Gäste, die erst vor Ort von der Absage erfahren haben.« Arno füllte seine Lungen wieder auf. »Nur, damit ihr im Gespräch bleibt. Das ist jetzt das Wichtigste. Verstehst du?«

»Absolut«, sagte Max.

»Prima. Was ich jetzt noch wissen muß: Wie seid ihr heute drauf? Wie ist deine Stimmung, wie ist die Stimmung der Jungs? Einfach, wie ihr euch fühlt.«

»Berufsverbot«, sagte Max. »Schreib, ich fühl mich, als hätte ich Berufsverbot.«

»Das kann ich unmöglich schreiben«, sagte Arno betreten. »Das rührt an alten Wunden. Geht es nicht ein bißchen weniger drastisch?«

»Wie würdest du das denn nennen?«

Arno räusperte sich. »Tja, wie wär's mit: Unplugged oder Schwarzer Tag für Black Bombay?«

Max lachte bitter. »Bewirb dich als Pressesprecher für's Kanzleramt, Arno. Nimm's so, wie ich gesagt habe. Zitier mich einfach, dann kann nichts an dir hängenbleiben.«

»Ich weiß nicht«, sagte Arno. »Was sagen denn die Jungs?«

»Die sind super drauf«, sagte Max. »Tanzen mit den Mägden vom Nachbargut auf der Tenne.«

»Das glaub ich nicht«, sagte Arno allen Ernstes.

Max verdrehte die Augen. »Die beiden schlafen noch. War ein langer Abend.«

Arno räusperte sich erneut. »Was hältst du davon, wenn ich schreibe, daß ihr enttäuscht seid?«

»Hervorragend«, sagte Max. »Schreib enttäuscht. Aber nur, wenn's nicht zu drastisch ist.«

»Ich will euch einen Gefallen tun, und du kommst mir nur blöd«, sagte Arno und klang beleidigt.

»Ich hab noch nicht gefrühstückt«, sagte Max.

Nach einer Pause sagte Arno: »Na ja, mir wird schon was passendes einfallen. By the way: Chico machte gestern so 'ne Andeutung, daß du den Mörder des Mädchens auf eigene Faust suchst. Ist da was dran?«

»Darüber schreibst du aber nichts«, sagte Max. »Sonst krieg ich Ärger mit den Bullen.«

»Also stimmt das.« Ein Bleistift kratzte auf Papier. »Hast du denn schon was rausgefunden? Eine heiße Spur?«

»Nein«, sagte Max. »Nicht mal 'ne kalte.«

»Auch keinen Verdacht?«

»Kein Kommentar, Arno.«

»Wie du meinst«, sagte Arno. »Dann will ich dich nicht länger aufhalten. Grüß die Jungs.«

»Mach ich«, sagte Max und legte auf.

Er hatte es gerade bis auf die Knie geschafft, als das Telefon erneut loslegte. Max ging wieder in Bauchlage, hob ab und sagte: »Hallo?«

»Danke für's Kuscheln«, sagte Margit.

Max wälzte sich herum. Tatsächlich. Die Bettcouch war leer.

»Wo bist du?« fragte er.

»Zu Hause. Ich bin um acht gefahren. Da hast du noch fest geschlafen. Ich wollte dich nicht wecken.«

»Wenigstens ein Mensch, der auf mich Rücksicht nimmt.«

»Ich kann auch anders«, sagte Margit. Dann klang sie auf einmal ernst. »Es gibt Neuigkeiten.«

Max war auf einen Schlag hellwach. »In Bezug auf Tanja?«

»Ja. Als ich nach Hause kam, saß Christine auf der Treppe. Sie hat mir etwas erzählt, das uns weiterbringen könnte.«

»Du entwickelst dich ja zur richtigen Kummerkastentante«, sagte Max. »Laß hören.«

»Nein«, sagte Margit. »Ich pack Christine jetzt in meinen Wagen. In zwanzig Minuten sind wir bei dir. Dann kann sie es dir selbst erzählen.«

»Gut«, sagte Max. »Bis dann.«

Diesmal schaffte er es bis in die Hocke. Nach dem ersten Klingeln lag er wieder flach, nach dem zweiten hatte er den Hörer am Ohr.

»Na, endlich«, sagte eine Männerstimme ungehalten. »Ich versuche seit einer Viertelstunde, Sie zu erreichen.«

Die Verbindung war hundsmiserabel. Ein einziges Rauschen und Knistern.

Bevor Max überhaupt wußte, wer am anderen Ende war, sagte die Stimme: »Ich habe mit Ihnen zu reden. Melden Sie sich bitte heute um Punkt sechzehn Uhr auf der Wache in Wermelskirchen.«

Bei Max fiel endlich der Groschen. »Sind Sie sicher, daß Sie heute meinen? Es ist Sonntag.«

»Das weiß ich«, knurrte KHK Ullmann. »Was ist nun, kommen Sie freiwillig, oder soll ich Sie vorladen lassen?«

»Schon gut«, sagte Max. »Muß ich auf Elektroschocks gefaßt sein?«

Ullmann lachte doch tatsächlich. Es klang ein wenig ungeübt, aber immerhin.

»Übrigens ... « Ein gräßlicher Pfeifton punktierte Max' Trommelfell. »... Ihre beiden Kollegen zu Hause zu erreichen. Wissen Sie zufällig, wo die Herren sich aufhalten?«

»Die sind hier«, sagte Max.

»Dann bringen Sie sie mit. Und seien Sie pünktlich.«

Ein letztes Fiepen, dann war die Verbindung unterbrochen.

Max hatte die Hand noch am Hörer, als das Telefon schon wieder schrillte.

»Hellenrath!« brüllte er in die Muschel.

»Sie brauchen nicht so zu schreien, Herr Doktor, ich höre noch sehr gut«, sagte eine ältere Dame empört. »Haben Sie heute Notdienst?«

Erst warm, dann heiß, schließlich so heiß, daß Max sich schier verbrühte. Roter Hahn zu, blauer Hahn auf. Jetzt schoß eiskaltes Wasser aus dem Brausekopf. Max' Kreislauf beschleunigte. Rasieren, Zähneputzen und frische Wäsche taten ein übrigens. Als er das Bad verließ, war er bereit für alles.

In der Küche herrschte Hochbetrieb. Margit und Christine waren inzwischen eingetroffen und saßen gemeinsam mit Sonja am Tisch, wo Wolle ihnen einen seiner gefürchteten Kräutertees kredenzte und sie mit seinem Standardvortrag über den Unterschied zwischen gebleichtem Zucker und Kandisfarin langweilte.

Curd stand am Herd und schaufelte in der gußeisernen Pfanne einen Berg Rührei mit Speck hin und her. Chico lehnte am Kühlschrank und sah der Kaffeemaschine beim Röcheln zu.

Da es nur vier Küchenstühle gab, frühstückten Curd, Chico und Wolle im Wohnzimmer. Max schloß die Tür, nahm sich einen Becher Kaffee und setzte sich zu den drei Frauen.

»Dann legt mal los«, sagte er und blickte erwartungsvoll auf Margit und Christine.

»Ich hab bombig geschlafen«, sagte Sonja, die seinen Blick nicht mitbekommen hatte. »Kann ich noch ein paar Tage bleiben?«

»Von mir aus«, sagte Max. »Kannst dich nützlich machen und Wolle mit dem Viehzeug helfen.«

Margit warf Max einen Blick zu, den er zunächst mißverstand.

»Wenn dein Stiefvater dich hier aufstöbert, kann er Max wegen Kindesentziehung belangen lassen«, sagte Margit. »Auch wenn's hart ist: Du mußt zur Polizei und deinen Stiefvater anzeigen.«

»Die Bullen stecken mich doch nur in ein Heim«, sagte Sonja.

»Trotzdem solltest du es tun. Ich begleite dich auch.«

Sonja senkte den Kopf.

»Vielleicht kannst du ja mit zu uns«, sagte Christine, die bisher mit trübsinniger Miene ihren Tee schwindelig gerührt hatte. »Meine Mutter hat bestimmt nichts dagegen.«

Sonja schniefte. »Meinst du?«

Christine versuchte ein Lächeln. »Glaub schon.«

Max rückte seinen Stuhl vom Tisch ab und schlug die Beine übereinander. »Am Telefon hieß es, es gibt Neuigkeiten.«

Christines Gesicht trübte sich wieder ein, aber sie nickte. Dann warf sie Max einen kurzen, scheuen Blick zu und sagte so leise, daß er sie kaum verstand: »Es ist wegen Henning.«

»Wer ist Henning?« fragte Max.

»Na, Tanjas Ex«, sagte Sonja. »Hab ich dir doch von erzählt.«

»Was hat er mit der Geschichte zu tun?« fragte Max und ließ Christine alle Zeit der Welt.

Sie brauchte länger. Als sich in Max' Gesicht erste hektische Flecken zeigten, ergriff Margit die Initiative.

»Christine befürchtet, daß Henning in ernsten Schwierigkeiten steckt«, sagte sie.

»Echt?« fragte Sonja mit vollem Mund.

»Du hältst jetzt mal die Klappe!« fuhr Max sie an. »Was haben Schwierigkeiten, in denen dieser Henning stecken könnte, mit dem Mord an Tanja zu tun?«

Christine kämpfte mit den Tränen. Vergeblich.

»Na, bravo!« entfuhr es Max, woraufhin Christine erst recht losheulte. Nach einer Runde Trösten und Naseputzen war sie endlich soweit.

»Am Montag, am frühen Abend, ich war allein zu Hause, klingelte auf einmal das Telefon«, berichtete Christine stockend. »Tanja war dran.«

Max war ganz Ohr.

»Ich hab ihr gesagt, daß alle sich Sorgen um sie machen und sie gefragt, wo sie denn sei. Das wollte sie nicht sagen. Sie sagte nur, es gehe ihr gut und sie sei in einem todschicken Haus bei einem netten alten Knaben untergekommen. Einem ehemaligen Juwelier. Der habe ihr einen tollen Ring geschenkt. Und sie seien zum Altenberger Hof gelaufen, wo der Mann ihr ein phantastisches Essen spendiert habe. Ich hab ihr gesagt, sie soll bloß vorsichtig sein, der Typ mache das bestimmt nicht umsonst. Da hat sie nur gelacht und gesagt, sie meldet sich wieder, und hat aufgelegt.«

»Weiter«, drängte Max, was ihm einen tadelnden Blick von Margit eintrug.

»Am Dienstag mittag – ich war gerade zum Essen zu Hause – stand Henning plötzlich vor der Tür. Das ganze Wochenende und den Montag hatte er versucht, Tanja zu erreichen. Dienstag morgen hat er dann von Sonja erfahren, daß Tanja schon seit drei Tagen nicht mehr zu Hause war. Also dachte er, sie sei vielleicht bei mir. Als ich ihm gesagt habe, ich wüßte auch nicht, wo sie ist, ist er völlig ausgeklinkt.«

»Hatten die beiden sich nicht getrennt?« fragte Max und zog den Van Nelle zu sich heran.

»Er ist aber noch immer in Tanja verknallt«, nuschelte Christine. »Und als er hörte, sie sei mehrere Nächte weggeblieben, dachte er, sie sei bei einem anderen.«

»Dann hast du ihm von Tanjas Anruf erzählt.«

»Nein. Nicht direkt. Aber Henning hat mir angesehen, daß ich etwas wußte. Ich kann so schlecht lügen.«

Max riß ein Streichholz an. »Gut genug für mich. Als ich dich gefragt habe, ob du nach Wuppertal noch mal von Tanja gehört hast, hast du nein gesagt.«

Christine wurde rot und ließ den Kopf hängen.

»Schwamm drüber«, sagte Max und wedelte das Streichholz aus. »Du hast Henning also von Tanjas Anruf erzählt, stimmt's?«

Christines Bestätigung war nur ein Wispern.

»Hat er versucht herauszufinden, wer dieser Juwelier ist?«

»Nein.« Sie schniefte. »Er wußte es.«

Max vergaß zu inhalieren. »Wie das?«

»Henning arbeitet in der Stadtsparkasse«, sagte Christine. »In Burscheid. Tanjas alter Knacker muß da ein Konto haben. Henning sagte, er kenne einen ehemaligen Juwelier, der in der Nähe vom Altenberger Dom wohnt.«

»Hat er dir auch verraten, wie der schmucke Greis heißt?«

»Nein. Er hat nur gedroht, das Schwein umzubringen.«

Die Zigarette war nicht nach Max' Geschmack. Er drückte sie aus und verschränkte die Hände hinter dem Kopf. Nach kurzem Nachdenken sagte er: »Ich seh noch immer nicht die Schwierigkeiten für Henning.«

»Er ist verschwunden.« Kläglicher konnte man die drei Worte nicht aussprechen. »Ich hab ständig bei ihm angerufen, weil ich hören wollte, ob er Tanja gefunden hat. Er war nie zu Hause. Donnerstag hab ich dann in der Sparkasse angerufen, noch bevor ich aus der Zeitung erfahren habe, was mit Tanja passiert ist. Die haben mir gesagt, er fehle seit Mittwoch. Unentschuldigt.« Sie schluchzte wieder. »Das ist überhaupt nicht seine Art. Seitdem hab ich pausenlos versucht, ihn zu erreichen. Ich hab sogar seine Eltern angerufen, aber die wußten auch nichts.«

»Irgendwas über einen verblichenen Ex-Juwelier in der Zeitung gelesen?« fragte Max.

Christine stöhnte auf, aber weder ihr noch Margit oder Sonja war etwas Entsprechendes aufgefallen.

»Hast du überhaupt keine Idee, wo er stecken könnte?« fragte Max.

Christine schüttelte den Kopf.

»Denk nach«, sagte Max eindringlich. »Freunde, Verwandte, Arbeitskollegen, was weiß ich.«

Christine grübelte. Wenn sie in dem Tempo Haare schnitt, waren die links schulterlang nachgewachsen, während sie rechts die letzten Spitzen kappte.

»Im Frühjahr sind Henning und Tanja mal an die Bever gefahren«, sagte Sonja plötzlich. »Seine Tante hat da einen Wohnwagen.«

Max beugte sich vor. »Wo genau?«

»Das war so 'n komischer Name.« Sonja legte ihre Stirn in Falten. »Total bescheuert. Wir haben uns darüber noch kaputt gelacht.«

Die Luft knisterte. Um Sonja nicht zu irritieren, stellte Max sogar die Atmung ein.

Aber nur für einen Zug, denn dann sagte Margit: »War's die Zornige Ameise?«

»Genau«, rief Sonja.

»Einen Versuch wäre es wert«, sagte Max. »Fährst du mich?«

Margit nickte. »Bevor ich dich noch mal ans Steuer laß.«

Christine und Sonja bestanden darauf, mitzukommen. Max hatte nichts dagegen. Im Gegenteil. Immerhin waren die beiden Mädchen die einzigen, die wußten, wie Henning aussah.

Während Margit die Ente in Richtung Hückeswagen lenkte, hing Max im Beifahrersitz und stierte aus dem Fenster. Ein Gedanke ließ ihn nicht mehr los.

Die Möglichkeit, daß Henning zwar nicht den Juwelier umgebracht hatte, aber dafür Tanjas Mörder war.

ACHTZEHNTES KAPITEL

»Jugend- und Familiencampingplatz II« stand auf dem Schild. Margit parkte die Ente am Straßenrand, gegenüber der Zufahrt. Alle vier stiegen aus. Die Sonne brüllte vom Himmel.

Gegenläufige Menschenströme, kanalisiert vom Hauptdurchgangsweg. Der eine Strom wogte bergab, wo die Mittagssonne die Bever wie ein Quecksilbersüppchen in der Terrine schimmern ließ. Der andere Strom, der seine Tagesration Kolibakterien bereits intus hatte, schob sich bergauf. Mütter mit Zellulitis, bepackt mit Kühlbox und geflochtener Badetasche. Quengelnde Kleinkinder im Dino-Schwimmreifen. Rotgesichtige Väter mit Baseballkappe und in unbeschreiblich gemusterten Shorts, über denen schwere Bierbäuche brüteten. Zehnjährige, die mit gelben Wasserkanonen herumspritzten und sich dafür Ohrfeigen fingen. Wer nicht unterwegs war, grillte.

»Wie heißt die Tante?« fragte Max.

Synchrone Mimik bei Christine und Sonja. Sie wußten es nicht.

»Das kann ja heiter werden«, sagte Max. »Wißt ihr wenigstens, wie Henning mit Nachnamen heißt?«

»Pryzbilla«, sagten die Mädchen gleichzeitig.

»Wie?«

»P-r-y-z-b-i-l-l-a«, buchstabierte Christine.

In der winzigen Holzbude neben der hochgeklappten Schranke saß ein kahlköpfiger Mann mit Segelohren und schwitzte fürchterlich. In seinem Mundwinkel klebte ein erkalteter Stumpen.

Max schob seine Sonnenbrille auf die Stirn. »Ganz nett warm heute, was?«

»Grausam«, keuchte der Mann.

»Ich suche den Stellplatz der Pryzbillas«, sagte Max.

»Dauercamper?« Der Mann griff nach einer speckigen Liste.

Max bestätigte. Ein Zeigefinger wanderte die Liste runter. Nur zwei fingen mit P an. Der eine hieß Plasberg, der andere Prescher.

»Was für 'n Wagen fahren denn die Leute?«

Max gab die Frage weiter. Christine sagte, einen kleinen Japanflitzer, Sonja meinte, der Wagen sei ein Opel und tierisch breit. Einig waren sie sich, daß er dunkelgrau oder dunkelblau war.

Der Mann verzog den Mund. »Nee. So einen gibt's hier nicht.«

»Vielleicht ...«, hauchte Christine.

»Was?« fragte Max.

Zögernd und vorsichtig nahm sie etwas aus ihrer Handtasche. Flach, weiß und rechteckig. Wie ein Stück Karton.

»Ein Foto?« fragte Max. Christine wurde puterrot, senkte den Kopf und nickte.

Mit der gebotenen Behutsamkeit nahm Max ihr das Foto aus der Hand. Henning sah aus wie der junge Ilja Richter, nur die Nase war länger. Der Mann erkannte ihn sofort.

»Der Neffe von Hasenclevers Gertrud«, sagte er, und dann folgte die chaotischste Wegbeschreibung, die Max je gehört hatte. Nicht einmal bezüglich der Himmelsrichtung herrschte Klarheit.

Margit und Max gingen voran, die beiden Mädchen zottelten hinterher. Mit einem Werbeblättchen, das sie einem Ständer neben der Holzbude entnommen hatte, fächelte Margit sich Luft zu. Max zog die Lederjacke aus und trug sie am Zeigefinger über der Schulter. Eingekeilt im Strom derer, die dem Wasser zustrebten, brauchten sie fast fünf Minuten bis zum Ufer.

»Wir müssen nach links«, sagte Max.

»Würdest du drauf wetten?« fragte Margit.

Bevor er antworten konnte, rief Christine: »Henning, huhu!«

Max fuhr herum. Christine stand auf den Zehenspitzen und winkte in Richtung Bootssteg. Max kniff die Augen zusammen.

Ilja Richters Doppelgänger trug einen weiß-gelben Trainingsanzug und stand mit einer Plastiktüte in der Hand vor einem der Mülleimer, die am Anfang des Stegs aufgestellt waren. Keine dreißig Meter entfernt. Irritiert blickte er sich um, entdeckte Christine und machte einen Schritt in ihre Richtung.

»Henning!« Diesmal war es Sonja.

Jetzt zögerte Henning und blieb stehen. Als sich auch noch Max in Bewegung setzte und auf ihn zuging, war das zuviel. Henning machte einen Schritt rückwärts, drehte sich um und lief los.

Max, im Slalom um die Leute herum, hinterher. Er rempelte eine Frau an, die daraufhin wie eine vollschlanke V1 in die Kaffeetafel einer Camperfamilie einschlug. Gezeter. Rufe nach der Polizei und feuchten Lappen. Als Max die Mülleimer passierte, hatte Henning bereits das Ende des Stegs erreicht, bückte sich und machte eine Jolle los. Max ließ die Lederjacke fallen und legte zu. Hart hämmerten die Stiefel auf die Planken. Schon nach der halben Strecke brannten ihm die Füße.

Henning turnte in die Jolle, stieß das Boot ab, nahm ein Paddel in die Hand und stach damit ins Wasser. Max trudelte am Ende des Stegs aus. Derweil hatte sich die Jolle bereits gut zehn Meter entfernt, und Henning versuchte, das Segel zu hissen.

Von einem Bein aufs andere hüpfend, entledigte sich Max seiner Stiefel und der Socken, warf die Sonnenbrille dazu und hechtete ins Wasser. Ein Schock. Das Wasser war kälter als erwartet.

Wieder an der Oberfläche, begann er zu kraulen. Der Abstand zur Jolle verringerte sich. Henning turnte herum und zerrte an verschiedenen Leinen, aber das Segel blieb auf Halbmast hängen. Als Max bis auf zwei Körperlängen herangekommen war, griff Henning wieder zum Paddel.

Plötzlich war da eine 470er mit einem dösenden Steuermann und rammte Hennings Jolle in voller Fahrt. Mit einem Schrei ging Henning über Bord. Durch den Aufprall abgelenkt, nahm die 470er Kurs auf Max.

Max tauchte. Dem Rumpf entging er. Dafür schlug ihm das Schwert vors Schienbein. Als er auftauchte, knallte er mit dem Kopf gegen Hennings Jolle.

Ziemlich benebelt schwamm Max im Kreis. Margit stand am Rand des Stegs und schrie ihm etwas zu, das er aber nicht verstand. Als er schließlich kapierte, war es fast zu spät.

Verzweifelt um sich schlagend versuchte Henning, sich über Wasser zu halten, ging aber immer wieder unter. Mit drei Zügen war Max bei ihm. Bevor er Henning in den Rettungsgriff nehmen konnte, hatte der ihm bereits die Arme um den Hals geschlungen und zog ihn mit sich unter Wasser. Henning strampelte und strampelte und rammte Max das Knie in die Rippen. Kaum waren sie wieder an der Oberfläche, hängte Henning sich erneut an Max. So ging das nicht.

Mit einem Ruck befreite sich Max aus Hennings Umklammerung, schnellte aus dem Wasser und und knallte ihm eine linke Gerade auf die Nase. Mit rechts hätte mehr dahinter gesessen, aber für den absaufenden Jungbanker reichte es auch so.

Henning verdrehte die Augen und wurde schlaff.

NEUNZEHNTES KAPITEL

Die Innenausstattung von Tante Gertruds Wohnwagen hielt, was die Gartenzwerge und der Wasser pinkelnde Terrakottaknabe auf dem Kunstrasenrechteck unter dem Vorzelt versprochen hatten. Gelsenkirchner Barock, Troddeln an den Vorhängen, Quasten an den Lampenschirmen, allenthalben Zierdeckchen und bestickte Kissenbezüge. Aber der Wagen war geräumig. Die ganze Truppe fand auf der Rundsitzgruppe im Heck Platz.

Hennings Nase blutete, und er lag in eine Patchwork-Decke gehüllt flach. Den Kopf in Christines Schoß gebettet, die ihm das Haar zurückstrich und Max mit vorwurfsvollen Blicken bedachte. Margit hatte den Gasbrenner in Gang gebracht und kochte Wasser für den Löskaffee. Sonja blätterte ziemlich lustlos in einem Perry-Rhodan-Heftchen, enttäuscht, daß keine Bilder drin waren. Max hatte die andere Decke bekommen, die, die nach Hund roch, und preßte einen kalten Waschlappen auf die Beule am Kopf.

Margit brachte den Kaffee. Rote Nescafé-Werbetassen. Zwei Stück zehn Mark. Für Max den stärksten, mit drei Löffeln Pulver.

»Bevor wir dich zum Schwimmunterricht anmelden«, sagte Max und warf den Waschlappen in die Spüle, »erzählst du mir erst einmal deine Geschichte.«

»Ihnen brauch ich überhaupt nichts erzählen«, sagte Henning und klang irgendwie verstopft. »Ich kenn meine Rechte.«

»Kein Problem«, sagte Max. »Um vier muß ich sowieso zur Kripo. Die richten mir 'ne Konfettiparade aus, wenn ich ihnen Tanjas Mörder anschleife.«

Hennings Kopf schoß nach oben, und sein Adamsapfel hüpfte wie toll. »Sie glauben doch nicht etwa, daß ich –«

»Und ob«, sagte Max kalt. »Nachdem du von Christine erfahren hattest, wo Tanja sich aufhielt, bist du zu diesem Ex-Juwelier gefahren. Da war sie aber nicht mehr. Also wolltest du zurück nach Burscheid. Dabei hast du gesehen, wie Tanja in Sträßchen in unseren Wagen stieg, und bist uns bis Wermelskirchen gefolgt. Dort hast du beobachtet, wie sie allein das AJZ verließ und in den Bus ging, um sich umzuziehen. Du bist ihr nach, ihr habt euch gestritten und gerangelt, und dann hast du sie erstochen.«

»Um Himmels Willen!« rief Henning und sah aus, als habe er soeben erfahren, daß der sympathische ältere Herr, dem er die Kombination vom Haupttresor anvertraut hatte, niemand anders war als Ronald Biggs.

»Wie können Sie sowas Schreckliches behaupten!« schrie Christine und sah dabei sehr häßlich aus.

»Weil es die Wahrheit ist«, sagte Max.

Margit und Sonja sagten nichts. Henning ließ den Kopf wieder sinken, schloß die Augen und begann zu weinen. Die Laute, die er dabei produzierte, klangen nach einem Säugling mit Schluckbeschwerden. Christine streichelte unaufhörlich seine Stirn und brabbelte ihm beruhigend ins Ohr. Max nutzte die Gelegenheit und drehte sich eine Zigarette.

Nach einer Weile hatte Henning ausgeweint, schob Christines Hand zur Seite und setzte sich auf. Hinter einem der Kissen steckte eine Packung Papiertaschentücher. Henning nahm eins, entfaltete es und schneuzte sich.

»Ich geb ja zu, daß ich an dem Nachmittag zu Huberty gefahren bin«, sagte er. »Aber ich hab nicht gesehen, wie Tanja in Ihren Wagen gestiegen ist. Ich hab sie überhaupt nie wieder gesehen. Das müssen Sie mir glauben.«

»Warum verkriechst du dich dann hier?« fragte Max.

Hennings Adamsapfel hüpfte zweimal. Dann sagte er mit überraschend fester Stimme: »Weil ich Huberty umgebracht habe.«

Christine biß sich auf die Knöchel. Margit und Sonja nahmen die Nachricht gelassener. Eher wie die neuesten Ozonwerte.

»Kein Zweifel?« fragte Max.

Henning schüttelte den Kopf.

»Wie ist das passiert?«

Henning machte aus dem Papiertaschentuch ein Bällchen und hielt sich daran fest. »Huberty war bei uns Kunde. Daher kannte ich auch seine Anschrift. Ich bin also zu ihm hin und hab ihm ohne Umschweife gesagt, daß ich Tanja bei ihm suche. Er war so verdattert, daß er mich problemlos reingelassen hat. Ich bin dann durchs ganze Haus gelaufen, aber Tanja war nicht da. Auf einmal brüllt der Typ los, Tanja hätte ihn bestohlen. Geld, Schmuck, was weiß ich. Und dann schrie er mich an, ich hätte von dem Diebstahl gewußt und sei Tanjas Komplize und hat mir dann mit Anzeige gedroht. Daraufhin ist auch mir der Kragen geplatzt und ich hab ihm gesagt, er solle sich schämen, sich an einem Mädchen zu vergreifen, das seine Enkelin sein könnte. Da ist er völlig durchgedreht und hat nach dem Kamineisen gegriffen. Dem ersten Schlag konnte ich noch ausweichen, mit dem zweiten hat er mich an der Schulter getroffen. Der Arm tut jetzt noch weh.«

Zum Beweis hob Henning die linke Schulter und verzog das Gesicht.

»Er war wie von Sinnen, und ich war total in Panik. Ich dachte, der schlägt mir den Schädel ein. Als er wieder auf mich losstürmte, hab ich eine Buchstütze gepackt und ihm auf den Kopf geschlagen. Die Stütze war aus Marmor. Er ist umgefallen und war sofort tot.«

»Wenn das stimmt, war es Notwehr«, sagte Max.

»Aber wer würde mir das abkaufen? Sobald die Polizei das mit dem Diebstahl herausfindet, glaubt sie doch, ich hätte Huberty umgebracht, um Tanja zu schützen. Oder aus Eifersucht«, schob er nach.

»Wann hast du erfahren, was mit Tanja passiert ist?« fragte Max.

»Donnerstag. Ich hab mir jeden Tag die Zeitung gekauft. Es war schrecklich.«

»Und was stand über Huberty drin?«

»Nichts. Kein Wort. Er ist wohl noch nicht gefunden worden.«

»Lebte er allein?« hakte Max nach.

»Keine Ahnung.«

»Wie hast du festgestellt, daß er tot war?«

»Er hat nicht mehr geatmet.«

»Hast du seinen Puls gefühlt?«

»Nein. Ich hab bloß gemacht, daß ich wegkam.«

»Wie spät ist es?«

Margit blickte auf ihre Armbanduhr. »Gleich halb drei.«

»Das reicht«, sagte Max. »Machen wir einen Besuch bei einem toten Juwelier.«

Das Verdeck war geöffnet, und an der Antenne flatterte Max' T-Shirt. Die Lederjacke auf der nackten Haut scheuerte zwar, aber sie war wenigstens trocken. Dazu trug Max eine von Hennings Jogginghosen. Seine Jeans lagen im Kofferraum.

Henning hockte auf dem Rücksitz zwischen den beiden Mädchen und wies Margit den Weg. Fünf Personen in einer Ente war eigentlich schon Gruppensex, aber Hennings keilförmiger Fiat war ein Zweisitzer und damit ausgeschieden. Und Henning selbst ans Steuer zu lassen, war Max zu riskant.

Die Fahrt ging über die L101 im Bogen um den Altenberger Dom herum und unmittelbar dahinter rechts ab, auf die Hauptstraße Richtung Blecher. Dann sofort wieder links. Am Rösberg. Vorbei am Restaurant Post. Am Berg ein kleiner Friedhof. Drei einzeln stehende Häuser am Ende der Sackgasse.

Wo der geteerte Teil endete, stoppte Margit, und Max fragte Henning: »Welches Haus?«

»Das Fachwerkhaus.«

»Ihr fahrt zurück zum Parkplatz und wartet da«, sagte Max und stieg aus. »Je weniger Aufsehen, desto besser.«

»Falls er auf dich auch mit dem Kamineisen losgehen sollte, keine Sorge«, sagte Margit. »Ich bin in Erster Hilfe ausgebildet.«

Sie grinste, wendete den Wagen und fuhr zurück.

Der unbefestigte Weg knirschte unter Max' Stiefeln. Auf dem nahegelegenen Sportplatz wurde gekickt. Blaue gegen rote Trikots. Die Blauen hatten den Ball.

Das Haus war ein Klassiker. Der minutiöse Nachbau eines altbergischen Kottens. Frisch geweißte Wände durchzogen von schwarzem Fachwerk. Alte Stämme. Selbst das Siel war da. Das Seelchen. Die gerissene, nicht gesägte Stelle in traditionell bearbeiteten Stämmen. Mußte ein Vermögen gekostet haben.

Die Tür war ein geschnitztes Portal. Den Türbalken zierte eine Inschrift: *Jacques Huberty, Juwelier von Burscheid, hat dieses Haus erbaut a.d. 1974. Der Herr segne unseren Aus- und Eingang von nun an bis in Ewigkeit.* Auch nur fromme Wünsche. In Tanjas Fall hatte es der Herr an Obhut fehlen lassen.

Max läutete und wartete. Nichts. Noch einmal. Wieder nichts.

Er ging links um das Haus herum. Ein großes Fenster. Max spähte hindurch in eine Küche. Sie war aufgeräumt und menschenleer. Das nächste Fenster war kleiner und saß etwas höher. Und es stand offen.

Max packte den Sims, zog sich hoch und steckte den Kopf durchs Fenster. Das Klo. Niemand saß drauf. Max strampelte und zwängte sich durch den Rahmen. Kopfüber ließ er sich hinunter und stützte sich dabei auf dem Klodeckel ab. Schließlich landete er auf dem plüschigen Vorleger.

Der Flur war gefliest und mit Schuhschrank, schmiedeeisernen Garderobenhaken und Spiegel ausgestattet. Rechts lag die Haustür, nebenan die Küche. Die Tür gegenüber führte in den Keller. Blieb die Tür links. Max drückte die Klinke und zog sie vorsichtig auf.

Sonnenlicht durchflutete ein großzügig geschnittenes Wohnzimmer. Weißer Rauhputz statt Tapete. An den Wänden Arbeitsgeräte vergangener Tage. Zangen, Zahnräder, ein Schött, Hämmer. Inmitten dieser malerischen Derbheit prangte etwas verloren die Nachbildung eines Dreipaß aus dem Westfenster des Altenberger Doms. Ein musizierender Engel. Bleiverglast und bunt wie das Original. Auf einer eher düsteren, mit Schnitzereien verzierten Anrichte stand eine gewaltige zinnene Dröppelmina, flankiert von zwei Steingutkrügen mit Löwenwappen. Neben der Anrichte ein Sekretär, schwer wie der Bär im Herbst. Darauf in leicht speckigem Ledereinband mit Goldprägung »Die Heilige Schrift«.

Neben der Terrassentür eine Black-Triniton-Glotze auf Standby und daneben ein Rack mit Hifi-Anlage. Auf dem Plattenteller drehte sich eine LP, der Tonarm hatte etwa die halbe Strecke geschafft. Eine Bachsche Kantate. Mein Gott, wie lang, ach lange. Harnoncourt dirigierte, und der Bad Tölzer Knabenchor sang. Nur war kein Laut zu hören.

Und plötzlich fuhr Max der Schreck in die Glieder.

In dem ledernen Ohrensessel, der mit dem Rücken zu ihm stand, saß ein Mensch, wenn auch nicht viel von ihm zu sehen war. Lediglich ein Büschel grauer Haare, plattgedrückt von Kopfhörerbügeln mit einer kleinen Empfangsantenne. Max ging halb um den Sessel herum.

In dem Sessel saß ein hagerer Mann in einem weinroten Hausmantel, den Kopf angelehnt und mit geschlossenen Augen. An der Stirn hatte er eine üppige blau-grüne Schwellung. Aber er war keineswegs tot. Und er war Rechtshänder.

Zu erkennen war das daran, daß der Mann den Hausmantel zurückgeschlagen hatte. Mit seiner Rechten bearbeitete er rhythmisch seinen erigierten Penis.

Max verließ das Zimmer so unbemerkt, wie er gekommen war. In der Küche warf er einen Blick in den Kühlschrank. Der war üppig bestückt. Schwarzwälder Schinken, mittelalter Gouda, Orangenmarmelade. Und zwei Flaschen Wicküler. Wichser-Pils, aber Max hatte Durst.

Den Kronkorken entfernte er mit dem Feuerzeug, lehnte sich an die Spüle, nahm einen langen Zug, schüttelte sich und wartete.

Es dauerte. Der Sekundenzeiger der Wanduhr zog zitternd seine Runden. Der Kerl hatte Ausdauer.

Nach acht Minuten und zwanzig Sekunden signalisierte ein kehliges Stöhnen, daß er es geschafft hatte. Max ließ ihm noch eine Minute zum Verschnaufen, dann ging er wieder ins Wohnzimmer.

Der Mann saß noch immer unter seinen Kopfhörern in dem Ohrensessel und bemerkte ihn nicht. Nach einem Abstecher zum Kamin ging Max zu der Stereo-Anlage, drehte den Lautstärkeregler auf maximal, nahm den Tonarm und schob ihn einmal quer über die Platte.

Mit einem bestialischen Geheul schoß der Mann in die Höhe und riß sich die Kopfhörer herunter. Er fuhr herum, entdeckte Max und erstarrte. Der Hausmantel war inzwischen zugebunden.

Max studierte den Mann. Um die sechzig, eins achtzig und hager. Ein extrem langer und dünner Hals, aus dem der Adamsapfel wie ein Dorn herausragte. Schmale Lippen. Hakennase. Die zurückgewichenen Haare grau und kraus wie Steinwolle. Dunkle Augen, aus denen Panik loderte. Immer wieder huschte der Blick des Mannes zwischen Max und dem Kamin hin und her.

»Ist nicht«, sagte Max und holte den Schürhaken hinter seinem Rücken hervor. »Setzen Sie sich wieder.«

Es bedurfte eines sanften Stübers mit dem Haken, dann plumpste der Mann in seinen Sessel zurück. Max blieb stehen.

»Haben Sie das abonniert?« fragte Max und stieß das Color-Magazin mit dem Eisen vom Beistelltischchen. *Lolita '94 Sonderheft* stand vorne drauf.

Der Mann mußte heftig schlucken und raffte den Hausmantel vor der Brust zusammen. »Was ... was wollen Sie? Geld?«

Max stützte sich auf den Schürhaken wie auf einen Spazierstock. »Ein paar ehrliche Antworten genügen fürs erste. Sie sind Jacques Huberty?«

Der Mann nickte.

»Dann erzählen Sie mal, wann und wo Sie Tanja Werner kennengelernt haben.«

Hubertys Augen wurden schmal. »Gehören Sie etwa auch zu der Diebesbande um dieses kleine Luder?«

Max baute sich breitbeinig auf und ließ den Schürhaken in die Hand klatschen: »Die Spielregel lautet: Ich frage, Sie antworten.«

Max holte aus und schlug zu. Das Beistelltischchen zersplitterte krachend in zwei Teile.

Max schämte sich dieses Jerry-Cotton-Gehabes, aber es wirkte. Huberty riß die Augen auf und kroch tiefer in seinen Sessel.

»Also, wann und wo?« knurrte Max.

Huberty feuchtete seine Lippen an. »Letzte Woche Samstag. Am frühen Abend. Sie stand an der Autobahnauffahrt. Als Anhalterin.«

»Welche Auffahrt?«

»Wuppertal-Süd.«

»Wohin wollte sie?«

»Das war ihr egal.«

»Weshalb haben Sie sie mit nach Hause genommen?«

»Es ergab sich einfach«, sagte Huberty. »Und sie tat mir leid.«

Max grinste. »Kein anderes Motiv?«

»Ich sehe, Sie glauben mir nicht, wegen dieses Heftchens.« Huberty bemühte sich, seine Würde zurückzugewinnen. »Mit diesem Mädchen war das anders. Sie war so rein.«

»Was soll das denn heißen?«

»Wie soll ich es Ihnen erklären?« Huberty faßte sich an die Schläfe. »Sie wirkte unverdorben, nicht so kaltschnäuzig, wie das heute üblich ist. Im Autoradio lief Chopin. Sie fragte, was das sei, und ich sagte es ihr. Die Musik gefiel ihr.«

»Wie ging es weiter?«

»Wir sprachen über Musik. Das heißt, sie stellte Fragen, und ich beantwortete sie. Und auf einmal waren wir hier. Sie ist wie selbstverständlich mit hereingekommen.«

»Weiter«, sagte Max.

»Wir waren essen, im Altenberger Hof«. Huberty zeigte einen Anflug von Heiterkeit. »Mein Gott, das Mädchen kannte nicht einmal ein Fischbesteck. Aber sie ließ es sich zeigen und wollte alles ganz genau wissen. Abends haben wir dann Musik gehört und ein Glas Wein getrunken.«

»Wo hat sie übernachtet?«

Huberty zeigte mit dem Finger zur Decke. »Im Gästezimmer.«

»Was passierte Sonntag und Montag?«

»Wir waren in der Töpferei im Küchenhof und im Märchenwald. Gegessen haben wir in der Post. Am Montag sind wir um die Dhünntalsperre gewandert. Haben auswärts Kaffee getrunken. Abends hat sie gekocht. Bratkartoffeln mit Spiegelei.«

Max hielt den Schürhaken noch immer mit beiden Händen. »Sie haben ihr einen Ring geschenkt.«

Huberty war kurz überrascht, nickte dann aber. »Kein besonderes Stück, aber er hat ihr gefallen. Ein Amethyst.«

»Haben Sie sie belästigt?«

»Nein! Ich sagte Ihnen doch, mit ihr war alles ganz anders. Es gab da nur dieses Mißverständnis.«

Max zog die Brauen hoch. »Ein Mißverständnis?«

»Montag abend hat sie ein Bad genommen. Ich brachte ihr ein frisches Badetuch und bin versehentlich ohne anzuklopfen eingetreten. Das hat sie mißverstanden.«

»Wie hat sie reagiert?«

Huberty schüttelte den Kopf, als sei ihm die Erinnerung unangenehm. »Sie hat geschrien und mich einen ... einen alten Bock genannt.« Plötzlich ruckte sein Kopf nach oben. »Aber ist das ein Grund, mich zu bestehlen? Nach allem, was ich für sie getan habe? Ich Narr!« Dazu schlug er sich mit der flachen Hand vor die Stirn und stöhnte auf, weil er nicht an die Beule gedacht hatte.

Max brauchte nicht nachzufragen, Huberty fuhr von sich aus fort. »Dienstag morgen war sie plötzlich verschwunden. Ich nahm zunächst an, wegen des Vorfalls im Bad. Bis ich die aufgebrochene

Kassette entdeckte. Bargeld und Schmuck fehlten. Der Schmuck allein ist über fünftausend Mark wert. Da fiel es mir wie Schuppen von den Augen.«

»Was?« fragte Max.

»Daß sie es von Anfang an nur darauf abgesehen hatte!« schrie Huberty mit verzerrten Zügen. »Und als dann nachmittags noch ihr Komplize auftauchte und mich niederschlug, war mir alles klar.«

»Wie lange waren Sie bewußtlos?«

»Nur kurz. Vielleicht zehn Minuten. Kopfschmerzen hatte ich aber drei Tage lang.«

Max' Stimme wurde wieder eine Spur schärfer. »Haben Sie das Mädchen gesucht?«

»Gesucht! Gesucht!« Erregt fuchtelte Huberty herum. »Wo hätte ich sie denn suchen sollen? Die war doch längst über alle Berge.«

»Sie haben also nicht gesehen, daß Tanja in Sträßchen an der Haltestelle stand?«

»Nein.«

»Und Sie haben nicht gesehen, wie sie in einen Wagen stieg, und sind dem Wagen dann gefolgt?«

»Zum Teufel, nein!« Huberty hob den Kopf und starrte Max an. »Moment mal, jetzt weiß ich auch, wer Sie sind. Sie sind –«

»Und Sie sind dem Wagen nicht bis Wermelskirchen gefolgt und haben die Gelegenheit abgepaßt, bis Tanja allein war?« fuhr Max ungerührt fort.

»Sie sind der Mann, den die Polizei verhaftet hat!« rief Huberty.

Max hielt ihm den Schürhaken vors Gesicht. »Antworten Sie!«

Huberty versuchte, nach dem Haken zu greifen, aber Max zog ihn weg.

»Sie sollen antworten!« brüllte Max.

»Nein!« schrie Huberty. »Verflucht noch mal, nein!«

Eine Zeitlang starrten sie sich wütend und erregt an. Aber kein weiteres Wort fiel. Schließlich ging Max zum Kamin, hängte den Schürhaken an seinen Platz und verließ das Haus.

Auf halber Strecke kam ihm die *Sausss*-Ente bereits entgegengefahren.

»Ich hatte mir Pünktlichkeit erbeten«, sagte Ullmann und tippte mit dem Radiergummiende seines Bleistifts auf seine Uhr. »Sie kommen natürlich zwanzig Minuten zu spät.«

»Zwanzig Minuten, die Ihnen 'ne Menge Lauferei ersparen«, sagte Max.

Diesmal hatten sie drei Stühle hingestellt. Curd und Chico saßen bereits. Max setzte sich dazu. Körschgen kauerte wieder auf der Fensterbank. Der Skinhead fehlte.

»Was wollen Sie damit sagen?« fragte Ullmann.

»Bei der uniformierten Abteilung im Erdgeschoß hab ich gerade einen jungen Mann abgeliefert, der Selbstanzeige erstatten will. Wegen Körperverletzung. Allerdings in Notwehr.«

Es gab einen kleinen ungehaltenen Trommelwirbel mit dem Bleistift.

»Hätten Sie vielleicht die Freundlichkeit, uns zu erklären, um wen es sich bei dem jungen Mann handelt?«

»Schon dabei.« Max schlug die Beine übereinander und berichtete, wie er Henning Pryzbilla gefunden hatte und von seinem Besuch bei Jacques Huberty. Zumindest soweit es ihn nicht selbst in Mißkredit brachte.

Anstatt sich zu freuen, wurde Ullmann böse. »Soll das etwa heißen, daß Sie durch die Gegend laufen und Detektiv spielen? Was maßen Sie sich an?«

»Immerhin wissen wir jetzt, woher Tanja das Geld und den Schmuck hatte«, sagte Max. »Und wo sie sich von Samstag bis Dienstag aufgehalten hat. Oder war Ihnen das bereits bekannt?«

Ullmanns Schläfenadern schwollen an. »Darum geht es nicht, verdammt noch mal! Sie haben sich in unzulässiger Weise in polizeiliche Ermittlungen eingemischt.«

»Ich hatte den Eindruck –«

»Halten Sie den Schnabel!« Der Bleistift zerbrach, und die beiden Hälften flogen in eine Ecke. Dann streckte Ullmann seine Handflächen vor, wohl mehr um sich selbst zu bremsen. »Okay, okay. Sie in Untersuchungshaft zu nehmen, war vielleicht etwas voreilig. Aber Sie waren damals der einzige Verdächtige, und die

Beweislast gegen Sie war erdrückend. Zudem bestand Flucht- und Verdunkelungsgefahr. Uns blieb keine andere Wahl.«

Ullmann nahm die Hände wieder runter. »Nach dem heutigen Erkenntnisstand würde ich vermutlich anders entscheiden. Das heißt jedoch nicht, daß Sie bereits über jeden Verdacht erhaben sind. Sie stehen nach wie vor auf der Liste der Verdächtigen, wenn auch nicht mehr unbedingt an erster Stelle. Zufrieden?«

Das war Max und so nickte er.

Ullmann drehte sich zu Körschgen um. »Haben wir noch Kaffee? Auch für die drei Herren?«

»Klar, doch«, sagte Körschgen, trat ans nächste Telefon und bestellte.

Ullmann angelte sich einen neuen Bleistift und malte einen Kringel auf die Schreibunterlage. Nachdem er einen zweiten Kringel daneben gemalt hatte, blickte er wieder auf und sagte: »Wir haben keinen Aufwand gescheut und konnten inzwischen 63 Besucher ihres Konzerts vom Dienstag ermitteln. Einen Großteil davon haben wir – daß heißt der Kollege Körschgen – bereits vernommen. Einige Aussagen sprechen dabei durchaus zu Ihren Gunsten, Herr Hellenrath.«

Die Tür schwang auf und eine kompakte Frau lieferte ein Tablett ab. Es wurde eine Weile mit Zuckerdose und Milchkännchen hantiert.

Nachdem alle umgerührt hatten, fuhr Ullmann fort.

»Für Ihre Angabe, daß Sie zwischen Ihrem Aufenthalt an der Theke und dem Beginn des Konzerts die Musikanlage überprüft haben, gibt es mehrere Augenzeugen. Das Problem ist nur, daß keine der Personen bestätigen konnte, ob Sie ununterbrochen auf der Bühne waren, geschweige denn, daß sich irgendwer an die genaue Uhrzeit erinnert hätte. Hinzu kommt, daß wir für Ihren Gang zur Toilette überhaupt noch keinen Zeugen auftreiben konnten.«

Ullmann trank einen Schluck, verzog das Gesicht und süßte nach. »Ich erzähle Ihnen das auch nur, damit Sie sehen, daß wir durchaus auch Beweise zu Ihrer Entlastung sammeln.«

Um Haaresbreite hätte Max »Danke!« gesagt.

»Kommen wir zu einem anderen Punkt«, sagte Ullmann und griff nach einer Papprolle, die am Schreibtisch lehnte.

Er entfernte den Deckel, zog ein Plakat heraus und entrollte es. Das Plakat war riesig, und Ullmann mußte aufstehen, um es vor sich hinhalten zu können.

»Haben Sie das schon einmal gesehen?« fragte er und lugte über den oberen Rand.

»Ekelig«, sagte Chico. »Abartig. Wo haben Sie das denn her?«

»Eine Leihgabe meiner Tochter«, sagte Ullmann. »Es hing in ihrem Zimmer.«

»Sie hätten sie besser erziehen müssen«, sagte Chico.

Curd sagte nichts, guckte aber auch nicht mehr hin.

Max grinste. »Warum zeigen Sie uns das? Wollen Sie uns foltern?«

»Sehen Sie sich das Foto genau an«, sagte Ullmann. »Vor allem den Mann in der Mitte.«

Das Plakat war knapp drei Jahre alt und kündigte einen Hippen-Auftritt in einer Kneipe in Bergisch Gladbach an. Auf der Aufnahme waren die fünf Hippen zu sehen. In der Mitte natürlich Aschgereit, den Mikroständer zwischen den Schenkeln.

Max zuckte die Achseln. »Wo ist der Gag?«

»Der Mann in der Mitte ist Brillenträger«, sagte Ullmann, legte das Plakat auf dem anderen Schreibtisch ab und setzte sich wieder. »Minus drei Komma fünf Dioptrien. Mit anderen Worten: Er ist stark kurzsichtig.«

»Aschgereit trägt immer 'ne Brille«, sagte Chico. »Sieht damit aus wie 'n Mehlwurm, der auf Elvis Costello macht.«

»Genau das ist der Punkt«, sagte Ullmann und rieb sich die Hände. »So unterscheidet sich Polizei- von Dilettantenarbeit.«

Max stellte seine leere Tasse zurück aufs Tablett. »Machen Sie es nicht so spannend, Herr Kommissar.«

»Bei der Vernehmung in der Nacht von Dienstag auf Mittwoch trug Herr Aschgereit nämlich keine Brille, wenn Sie sich daran erinnern können. Das fiel mir auf, als ich das Plakat im Zimmer meiner Tochter sah. Also ließ ich ihn noch einmal vorladen. Diesmal trug er Brille. Nach dem Dienstag befragt, mußte er zugeben, daß seine Brille an dem Tag in Reparatur war. Und daß er weder eine Ersatzbrille noch Kontaktlinsen besitzt.«

»Also konnte er mich an dem Abend gar nicht erkennen«, sagte Max.

»Die Entfernung zwischen Herrn Aschgereits Standpunkt und Ihrem Fahrzeug betrug fünfundzwanzig Meter. Wir haben das nachgemessen. Ohne Sehhilfe und bei den Lichtverhältnissen konnte er Sie auf diese Distanz unmöglich eindeutig identifizieren«, sagte Ullmann. »Tatsache ist jedoch, daß er jemand gesehen hat, und deshalb habe ich Sie drei hergebeten.«

Schublade auf, Schublade zu, und Ullmann hielt einen ledernen Brustbeutel in der Hand. Der Riemen war gerissen.

»Diesen Beutel haben wir am Mittwoch, bei nochmaliger Untersuchung des Geländes, unmittelbar neben Ihrem Fahrzeug gefunden«, sagte Ullmann und klang auf einmal wieder sehr amtlich. »Der Beutel ist leer, aber er weist Blutflecken der Gruppe A0 auf, Tanja Werners Blutgruppe. Ich frage Sie daher, gehört der Beutel einem von Ihnen oder ist er Ihnen bekannt?«

Der Brustbeutel wurde herumgereicht. Erst Curd, dann Chico, schließlich Max. Curd und Chico verneinten. Max auch. Aber im Gegensatz zu den beiden anderen hatte er den Beutel erkannt.

Er gehörte Wolle.

Glücklicherweise bohrte Ullmann nicht weiter, sondern räumte den Beutel wieder weg. Was er danach erzählte, bekam Max nicht mit. Er stand unter Schock und war entsprechend geistesabwesend.

Bis Ullmann barsch fragte: »Träumen Sie?«

Max schrak zusammen. »Übermüdung, Herr Kommissar. Die letzten Nächte waren kurz.«

»Besonders die rothaarigen«, sagte Chico.

Curds Lacher ertrank direkt nach dem Start in einem Hustenanfall.

»Haben Sie nicht mitbekommen, was ich gefragt habe?« fragte Ullmann.

»Sorry«, sagte Max.

»Ich fragte, ob Sie etwas über den Verbleib von Sonja Werner, Tanja Werners jüngerer Schwester, wissen. Seit heute morgen liegt den Kollegen in Burscheid nämlich eine Vermißtenanzeige vor.«

»Von wem?« fragte Max.

»Ich stelle hier die Fragen«, knurrte Ullmann. Dann setzte er aber doch die Brille auf, studierte ein Blatt, das nach Thermo-Faxpapier aussah, und sagte: »Erstattet von Hans Werner, Sonja Werners Stiefvater.«

Max wartete mit seiner Antwort, bis Ullmann ihn über den Rand der Brille anvisierte.

»Der Mann hat seine beiden Stieftöchter sexuell mißbraucht. Beziehungsweise es versucht.« Max schilderte, was Sonja ihm erzählt hatte.

»Dieser Mensch«, sagte Ullmann, wobei er mit der Rückseite seiner Hand gegen das Blatt schlug, »soll also seine Stieftochter Tanja länger als ein Jahr mißbraucht haben. Und nach ihrem Tod soll er das Gleiche bei der jüngeren Schwester versucht haben. Habe ich das richtig verstanden?«

»Er soll nicht, er hat«, sagte Max.

»Woher wollen Sie das wissen?«

»Diesmal haben Sie aber geträumt. Ich habe Ihnen doch gerade gesagt, Sonja hat mir das erzählt.«

»Also haben Sie Sonja Werner seit ihrem Verschwinden doch gesehen?«

»Sie hat sich gestern zu mir geflüchtet«, sagte Max. »Seit heute ist sie woanders untergebracht.«

Ullmann riß seine Brille herunter. »Sagen Sie mal, sind Sie eigentlich völlig plemplem? Sonja Werner ist minderjährig, und Sie stehen unter Verdacht, ihre Schwester ermordet zu haben. Und da haben Sie nichts Besseres zu tun, als das Mädchen bei sich aufzunehmen? Noch dazu über Nacht? Wenn das dem Staatsanwalt zu Ohren kommt, sitzen Sie fünf Minuten später wieder im Klingelpütz.«

»Was hätten Sie denn an meiner Stelle getan?« fuhr Max auf. »Sonja zum Kölner Hauptbahnhof gefahren, damit sie sich da die Kohle für ein Hotelzimmer verdienen kann?«

»Sie hätten sie unverzüglich zur Polizei bringen müssen«, sagte Ullmann. »Wenn es sich verhält, wie Sie sagen, muß Sonja Werner gegen ihren Stiefvater Anzeige erstatten.«

»Das wird morgen nachgeholt«, sagte Max. »Vorerst ist sie bei einer Freundin ihrer Schwester untergekommen.«

Ullmann zückte den Bleistift. »Name und Anschrift?«

»Nein«, sagte Max.

Ullmanns Kopf ruckte nach vorn. »Wissen Sie, was Sie damit riskieren?«

»Das ist mir scheißegal. Sonja geht morgen freiwillig zur Kripo. Alles andere wäre wertlos.«

Chico und Curd nickten beifällig. Ullmann nicht.

»Sie verbohrter Kerl«, zischte er. »Sehen Sie nicht, in welche Situation Sie mich bringen? Ich kann doch nicht so tun, als sei diese Vermißtenanzeige Luft.«

»Ich denke, Sie sind bei der Mordkommission«, sagte Max. »Und Behördenwege sind lang.«

»Und wo ist da der Gag, um einmal in Ihrem Jargon zu sprechen?«

»Mein Vorschlag wäre, Sie erhalten das Fax erst morgen.« Max setzte seinen Dackelblick auf. Nicht so intensiv, daß es anzüglich wirkte, aber immerhin.

In Ullmann tobte eine erbitterte Schlacht, das war unübersehbar. Paragraphentreue gegen Menschlichkeit. Ein Kampf, der, nach Ullmanns Miene zu urteilen, lange auf des Messers Schneide stand. Was letztendlich den Ausschlag gab, blieb unbekannt. Entscheidend war das Ergebnis.

»Morgen früh, um Punkt acht Uhr, steht Sonja Werner hier auf der Matte«, sagte Ullmann. »Sollte sie sich auch nur eine Minute verspäten, setze ich Sie persönlich auf die Fahndungsliste, Herr Hellenrath. Und nun machen Sie, daß Sie rauskommen.«

»Wir auch?« fragte Chico.

»Denken Sie etwa, ich will mit Ihnen Fang-den-Hut spielen?« brüllte Ullmann.

DREIUNDZWANZIGSTES KAPITEL

Arnos Springer Softail glänzte in der Abendsonne auf dem Hof. Der Easy Rider unter den bergischen Reportern saß am Küchentisch und knackte Erdnüsse.

»Wo ist Wolle?« fragte Max.

»Wenn man reinkommt, sagt man ›Guten Tag‹«, maulte Arno. »Spazieren, mit dem Hund.«

Max riß die Wohnzimmertür auf. »Wenn er auftaucht, sagst du ihm, er soll sofort zu mir kommen.«

Arno schlug mit der Faust auf den Tisch, daß die Erdnüsse tanzten, und sprang auf. »Scheiße! Ich bin doch nicht dein Lakai. Wenn du unbedingt rumkommandieren mußt, nicht mit mir.«

»Noch was?«

»Leck mich doch!« schnaubte Arno und stürmte nach draußen.

Max schloß die Tür hinter sich, schnappte das Telefon, ließ sich in den einzigen Sessel fallen und wählte Margits Nummer. Nach dem neunten Klingeln hob sie ab.

»Von wo rufst du an?« fragte sie als erstes.

»Natürlich von zu Hause.«

»Ich hatte Angst, sie hätten dich wieder eingelocht.«

»Einmal reicht doch wohl, oder?« knurrte Max.

»Holla, holla! Der Herr hat schlechte Laune, wie?«

»Kann ich nicht bestreiten.«

»Dann dreh erst mal ein paar Runden ums Haus und ruf dann wieder an.« Damit legte sie auf.

Max starrte kurz in die Hörmuschel. Dann atmete er tief durch und wählte Margits Nummer noch einmal.

»Beruhigt?« fragte sie, als sie abnahm.

»Entschuldigung«, sagte Max.

»Angenommen. Was gibt's?«

»Ich bin etwas in Rage wegen einer blöden Geschichte, die ich eben erfahren habe.«

»Erzähl.«

»Jetzt nicht«, sagte Max. »Ist Sonja bei Christine?«

Margit bestätigte. »Christines Mutter ist richtig nett. Sonja kann so lange bleiben, wie sie will.«

»Na, prima«, sagte Max und berichtete von seinem Abkommen mit Ullmann. »Du mußt morgen früh pünktlich um acht mit Sonja auf der Wache sein. Sonst komm ich in Teufels Küche.«

»Geht in Ordnung«, sagte Margit. »Ich ruf sie gleich an und sag ihr Bescheid.«

Einen Augenblick herrschte Schweigen.

Dann fragte Max: »Kommst du heute abend vorbei?«

»Ich muß arbeiten«, sagte Margit.

»Keine Vertretung in Sicht?«

»Gina ist schon gestern für mich eingesprungen. Ich kann sie nicht schon wieder fragen.«

»Und danach?«

»Vor Mitternacht komm ich auf keinen Fall weg.«

»Das wär früh genug.«

»Früh genug für was?« fragte Margit und klang amüsiert.

Max grinste vor sich hin, sagte aber nur: »Ich stell dir ein Bier kalt.«

»Ich verspreche nichts.«

»So soll es auch sein«, sagte Max.

Kaum hatte er aufgelegt, kläffte Bessie auf dem Hof. Max ging in die Küche. Wolle kam herein. Über der einen Schulter trug er seinen Bogen, über der anderen hingen zwei tote Kaninchen. Die Beute landete in der Spüle.

Max packte die Mümmler an den Löffeln und hob die Köpfe an. »Die haben ja das Genick gebrochen. Hast du etwa wieder Fallen aufgestellt?«

»Bin doch nicht blöd«, sagte Wolle. »Weiß doch genau, daß der Förster nur darauf wartet. Hier guck, sauber erlegt.«

Beide Kaninchen hatten Pfeilwunden in den Flanken. Aber der Trick war alt. Erst wurde das Kaninchen in der Falle gefangen, dann wurde darauf geschossen.

»Aber wieso ist dann das Genick gebrochen?« bohrte Max.

»Bessie«, erklärte Wolle. »Packt noch mal zu, auch wenn sie schon tot sind.« Dazu guckte er so treu, daß Max kurz davor war, ihm zu glauben.

»Setz dich mal«, sagte Max. »Ich muß mit dir was bereden.«

»Weiß schon«, sagte Wolle und nahm Platz. »Müssen den Hof aufgeben.«

Max hätte sich beinahe neben den Stuhl gesetzt. »Was? Wie kommst du denn darauf?«

Wolle lehnte sich zurück und faltete die Hände vor dem Bauch. »Seien wir doch mal ehrlich, Max. Eigentlich hat uns doch all die Jahre nur Irmgards Kohle über Wasser gehalten. Und da sie nun weg ist, ist der Ofen eben aus.«

»Unfug«, sagte Max. »Wir verkaufen Lämmer, Eier, Äpfel, Milch ...«

»Agathe ist vor über einem Jahr gestorben«, sagte Wolle. »Seitdem haben wir keine Kuh mehr. Und der andere Kram kostet mehr, als er einbringt.«

»Ich verkaufe nicht«, sagte Max und machte ein Gesicht wie ein bockiges Kleinkind. »Kommt überhaupt nicht in Frage. Das ist mein Hof.«

»Dich wird keiner fragen«, sagte Wolle. »Du hast den Hof vor fünf Jahren auf Irmgard überschrieben, weil sie das Abstottern der Hypotheken übernommen hat. Sie wird ihn verkaufen.«

»Nur über meine Leiche«, sagte Max.

Wolle schüttelte den Kopf und tippte sich an die Stirn.

»Dir scheint das gar nichts auszumachen«, sagte Max entrüstet. »Mensch, du wohnst doch auch bald zehn Jahre hier.«

»Bin Fatalist, weißt du doch.«

»Nee, nee«, sagte Max. »So nicht.«

»Dann mußt du dir was einfallen lassen.«

»Worauf du dich verlassen kannst«, sagte Max.

Als erstes fiel ihm das ein, was er eigentlich mit Wolle hatte besprechen wollen. Er räusperte sich. »Ich war heute bei der Kripo. Der Fall wird immer bizarrer.«

»Soll heißen?«

Max blickte Wolle direkt in die Augen. »Wo ist dein Brustbeutel?«

Wolle guckte erst verständnislos, dann klopfte er an seine Brust. »Hier.«

»Zeig ihn mir«, sagte Max.

»Wozu?«

»Zeig ihn her.«

Wolle schüttelte den Kopf, knöpfte sein Leinenhemd auf und zog es mit beiden Händen auseinander. »Zufrieden?«

»Das gibt's doch nicht«, sagte Max. Dann streckte er die Hand aus. »Gib mal her.«

»Was soll der Quatsch?«

»Bitte.«

Kopfschütteln, aber Wolle nahm ihn ab und warf ihn über den Tisch.

Max begutachtete den Beutel von vorne und hinten, sah sogar hinein. »Das ist doch der, den du aus Indien mitgebracht hast?«

Wolle nickte.

Max kniff die Augen zusammen. »Was schätzt du, Wolle, wieviele Brustbeutel wie den gibt es hier in der Gegend? Gleiches Leder, gleicher Schnitt, gleiche Verzierungen, der gleiche geflochtene Riemen.«

»Zwei«, sagte Wolle, ohne zu überlegen.

Max starrte entgeistert. »Wieso zwei?«

»Weil ich damals zwei mitgebracht habe.«

»Zwei gleiche?«

»Völlig identisch. Waren spottbillig.«

»Was ist aus dem anderen geworden?«

»Den hab ich verschenkt.«

Für einen Moment schloß Max die Augen. Dann fragte er mit ihm selbst fremder Stimme: »An wen?«

»An Irmgard«, sagte Wolle. »Mensch, Max, ist dir nicht gut?«

»Geht's wieder?« fragte Wolle. »Komm, nimm noch 'nen Dikken.«

Max hielt ihm die Tasse hin. Mit den Zähnen zog Wolle den Korken aus der Literflasche und schenkte einen gehörigen Schuß nach. Selbstgebrannter Holunder. Max führte die Tasse mit beiden Händen zum Mund. Und kleckerte trotzdem.

Wolle setzte sich wieder bequem. »Bin ja normalerweise nicht neugierig, Max. Weißt du auch. Aber diesmal ... «

Max stellte die leere Tasse auf dem Erdnußschalenhügel ab und schniefte. »Ich bin fix und fertig, Wolle. Diese beschissene Geschichte wächst mir langsam über den Kopf.«

Wolle nahm den Tabaksbeutel vom Gürtel und drehte zwei Zigaretten. Nach einem Lungenzug bis zu den Hacken war Max in der Lage, zusammenhängend zu erzählen. Berichtete, was sich an der Bever und in Altenberg ereignet hatte und was es mit dem Brustbeutel auf sich hatte. Wolle hörte schweigend zu. Nur ab und an funkelte es in seinen listigen kleinen Augen.

»Erst ich, dann du, jetzt Irmgard«, sagte Max zum Schluß. »Wo soll das nur enden?«

»Total verrückt«, sagte Wolle. »Nur kommt Irmgard nicht in Frage. Planscht im Indischen Ozean.«

»Weiß ich doch. Aber wie kommt der verfluchte Beutel an den Bahndamm?«

»Soweit ich weiß, hat sie ihn nie getragen.« Wolle flippte mit dem Mittelfinger ein Stück Erdnußschale vom Tisch. »War wohl nicht nach ihrem Geschmack.«

Max ließ ein paar Irmgard-Bilder Revue passieren lassen. »Aber dadurch wird das Ganze nur noch mysteriöser.«

»Vielleicht hat ihn ihr jemand geklaut.«

Im Hühnerstall unter dem Küchenfenster hob plötzlich ein wildes Geflatter und Gegacker an.

»Ein Fuchs?« fragte Max.

Wolle schüttelte sein zottiges Haupt. »Hätte Bessie angeschlagen. Rangeln wohl um den besten Platz auf der Stange.«

Der Lärm im Stall ließ nach, und Wolle stand auf.

»Kümmer mich mal um die Karnickel«, sagte er. »Abziehen und beizen. Ach, eh ich's vergeß: Die vom Wiesawie in Gummersbach haben heute angerufen. Wegen Donnerstag.«

»Absage?« fragte Max.

Wolle sagte nichts. Aber das brauchte er auch nicht.

Sie saßen zu fünft hinter dem Haus. Max, Chico, Curd, Arno und Wolle. Auf dem Tisch fünf fettige Teller und eine Batterie leerer Bierflaschen. Nachschub dümpelte in der Zinkwanne, die sie eigens aus der Scheune herangeschleppt hatten.

Die Holzkohle im Grill glühte in den letzten Zügen und war neben dem Nördlichen Sternenhimmel und der Zigarettenglut die einzige Lichtquelle. Ausreichend, um niemanden zu verwechseln.

»Dein Gemecker macht sie auch nicht wieder lebendig«, sagte Chico.

Max schlug sich vor die Stirn. »Daß ihr aber auch nicht vorher fragen könnt. Geht ins Wohnzimmer und guckt euch die Pokale an. Sebastian war Bezirksmeister und Benjamin immerhin mal zweiter.«

»War trotzdem lecker«, lallte Arno und leerte seine Flasche. Er saß bedenklich schief, da sein Stuhl auf der einen Seite im Rasen eingesunken war. »Ist noch eins da?«

»Du schielst schon«, sagte Curd.

»Na, und?« krakeelte Arno. »Ist doch meine Sache, oder?«

»Reg dich ab«, sagte Curd und reichte eine Flasche rüber.

Max gestikulierte energisch. »Für Sebastian hätte jeder Züchter 'nen Tausender lockergemacht. Wenn Irmgard zurückkommt, trifft sie der Schlag.«

»Ach was, die verwachsenen Gnomgockel hätten sie nicht mal zum Hahneköppen genommen«, sagte Chico. »Außerdem – mach dir nichts vor. Irmgard kommt nicht zurück.«

»Aber irgendwann wird sie ihren Kram und ihre Zwerghühner abholen wollen. Meine Güte, ihr seid vielleicht Idioten.«

»Ist es jetzt gut?« fragte Chico.

»Nein«, sagte Max trotzig. »Wir sind pleite bis zum Anschlag, fressen aber Tausend-Marks-Brathähnchen.«

»Geht mir entschieden auf den Sack, dein Genöle«, sagte Curd. »Ich geh pennen. Probe um zehn?«

»Wenn der Blödmann sich bis dahin wieder beruhigt hat.« Chico stand ebenfalls auf. »Ich häng mich noch 'ne Runde vor die Glotze. Nacht zusammen.«

»Nacht«, sagte Wolle.

»Nacht«, lallte Arno.

»Nacht«, brummte Max.

Bessie kam und wollte gekrault werden. Max tat ihr den Gefallen.

Arno erwischte eine Mücke.

»Drecksvieh! Ich hab dir übrigens den Artikel mitgebracht, den ich heute vormittag geschrieben hab. Schon mal vorab. Erscheint morgen. RGA.«

»Nett«, sagte Max, bog den Kopf zurück und starrte in den Kosmos.

Arno auch. »Geil, was?«

Außer dem Großen Bären, der heute direkt über Dabringhausen hing, kannte Max nur sein Sternzeichen, den Krebs, ein paar Meter rechts davon. Fünf leuchtende Punkte, die man genausogut als Mercedes-Stern ohne Kreis deuten konnte.

Während Max noch darüber sann, ob sein Leben womöglich anders verlaufen wäre, wäre er unter einem anderen Sternzeichen geboren, fing Wolle an zu schnarchen, und Arno fragte mit bockiger Zunge:

»Wie lange kennen wir uns jetzt eigentlich, Max?«

»Seit der Penne.«

»Länger, Max. Wir haben doch schon vorher zusammen beim DTV trainiert.«

»Stimmt. Warst mal ein guter Sprinter.«

»Weißt du, daß das länger ist, als unser halbes Leben?« Arno klang, als werde er gewürgt. Aber er hatte nur den Kopf zu weit in den Nacken gelegt.

»Proportional wird's immer mehr«, sagte Max. »Wenn wir sechzig sind, kennen wir uns dreiviertel Leben.«

»Man kommt aber nie auf ein Ganzes.«

Max nahm den Kopf wieder nach vorn. »Funktioniert nur bei Zwillingen.«

»Scheiße!« sagte Arno und packte sich an den Hals.

»Was ist?«

»'n Krampf. Überdehnt.«

Wolle sägte jetzt richtig.

»Könnt ihr euch eigentlich nicht wieder mit Theo vertragen?« fragte Arno, nachdem er sich ausgiebig die Halsmuskulatur massiert hatte. »So wie es momentan läuft, ist das 'ne total beschissene Situation für mich, weißt du.«

Max fluchte, weil die Zigarettenpapierchen in einer Bierlache gelegen hatten und jetzt klebten. Erst das sechste war wieder brauchbar. »Das kann dir doch egal sein.«

»Sagst du so. Ihr seid meine besten Freunde, Chico, Curd und du. Aber ich muß auch mit König auskommen. Bin in vielen Dingen auf ihn angewiesen. Berufsbedingt.« Für das letzte Wort brauchte er drei Anläufe. »Immerhin sponsort er mein Buch.«

»Das große Standardwerk über die Rockszene zwischen Ruhr und Sieg, von Arno Klesper«, sagte Max, den Titel mit Daumen und Zeigefinger wie eine Schlagzeile in die Luft ziehend.

Arno war zu betrunken, um die Spitze mitzubekommen.

»Theo hat auch seine guten Seiten, kannst du mir glauben. Man kann sicher 'ne Menge gegen ihn vorbringen, aber sein Geschäft versteht er.«

»Erzähl das Aschgereit oder einem der anderen Jodler«, sagte Max.

Arno breitete die Arme aus. »Ich will doch nur, daß wieder Frieden ist, verstehst du?«

»Friede, Freude, Bratkartoffeln.«

Max rauchte, und Arno spielte Nebelhorn, indem er in die leere Flasche pustete. Nach fünfmal Tuten ging ihm die Luft aus.

»Hab ich dir eigentlich erzählt, daß ich letztes Jahr total in Irmgard verknallt war?« fing Arno wieder an, obwohl er kaum noch zu verstehen war.

»Nee.« Max seufzte. »Mensch, Arno, such dir doch mal 'ne Frau, die nicht gebunden ist. Sonst wird das nie was.«

»Is mein Schicksal.«

»Quatsch! Wenn man immer in der falschen Richtung baggert, hat das nichts mit Schicksal zu tun. Das ist Dummheit.«

Arno hing jetzt schwer über der Armlehne.

»Hast gut reden. Dir sind sie immer nachgelaufen.« Dann rutschte ihm die Flasche aus der Hand und rollte über den Rasen.

Max stand auf und half ihm auf die Beine. »Geh schlafen, Arno. Heuboden. Kennst ja den Weg.«

Arno stolperte los.

Zwei Zigaretten und eine halbe Flasche Hannen später näherte sich ein inzwischen vertrautes Geknatter. Max ging vors Haus.

Der Blitz blockierte den halben Hof, also ließ Margit die Ente auf dem Seitenstreifen der Zufahrt stehen. Ihre Absätze klackten übers Pflaster. Ein harter Rhythmus, aber Max war härtere gewohnt. Ohne ein Wort zu wechseln, nahmen sie sich in den Arm, gingen ins Haus, die Treppe hinauf und ins Schlafzimmer.

Margit trug ein schwarzes Stretchkleid, das wie eine zweite Haut saß. Noch besser stand ihr allerdings, was sie darunter trug. Diesmal pfiff Max nichts zurück und war auch nicht brav.

Wie es der Zufall so wollte, hatte Margit auch nichts anderes erwartet.

Montag, 5. September

Ein schöner Morgen, sinnierte Max und räkelte sich. Nicht nur wegen der rothaarigen Schönheit an seiner Seite. Auch sonst stimmte alles. Sonnenschein, Vogelgezwitscher, Kaffeeduft, der die Treppe heraufzog. Und das, obwohl der verbeulte mechanische Wecker erst halb sieben anzeigte. Eine Uhrzeit, zu der normalerweise Max' Tiefschlafphase eingeläutet wurde.

Eine halbe Stunde später am Frühstückstisch. Wolles selbstgebackenes Brot, selbstgeschleuderter Waldhonig von Nachbar Olli, weichgekochte Zwerghühnereier und eine Kanne rabenschwarzer Kaffee. Sie waren zu fünft. Max, Margit, Wolle, Arno und – zu Max' völliger Verblüffung – auch Curd.

»Bist du krank?« fragte Max.

»Arbeitsamt«, sagte Curd. »Meldung ist fällig. Und ich muß vorher noch zu Hause vorbei. Zur Probe um zehn bin ich wieder da.«

»Kannst mich mitnehmen«, sagte Wolle. »Mal gucken, ob die was für mich haben.«

Max blieb der Bissen Doppelback mit Sesam im Hals stecken. »Was willst denn du auf dem Arbeitsamt?«

Wolle hielt ihm die alte Tabaksdose, die als Haushaltskasse diente, vor die Nase.

»Siebzig Pfennig. Für heute haben wir die Karnickel, aber wenn du morgen auch was beißen willst, muß einer wohl was ranschaffen.«

»Wir machen heute abend Kasse in Burg«, sagte Max.

»Wenn Theo nicht pfänden läßt«, sagte Curd.

»Geht das nicht ein bißchen leiser?« fragte Arno, der auf der Ottomane saß und sich die ganze Zeit den Schädel hielt. »Ich hab 'nen Kater, daß es kracht.«

»Du hast das Saufen doch noch nie vertragen«, sagte Curd. »Warum läßt du's nicht?«

»Willst du 'n Aspirin?« fragte Wolle.

»Mein ewiger Dank wär dir gewiß«, sagte Arno.

Max schenkte sich Kaffee nach. Als er die Kanne zurückstellte, schnupperte er. »Hier stinkt's nach Abgasen. Läßt du etwa wieder den Blitz warmlaufen?«

»Ich hab dir schon zwanzig mal erklärt, daß die Karre sonst bockt wie 'n Esel«, sagte Curd.

»Das ist eine Sauerei«, sagte Max. »Ich hasse das.«

Margit trank aus, stand auf und fegte ein paar Krümel von ihrem Kleid. »Ich muß wohl, sonst wird's eng.«

»Wie steht's mit heute abend?« fragte Max.

»Kein Problem.« Küßchen für Max. »Montag ist Ruhetag.«

Max brachte sie zur Haustür. Noch ein Küßchen, und Margit ging zum Wagen. Max zog den Van Nelle aus der Hosentasche und blickte ihr nach. Sie hatte die Ente fast erreicht, als Bessie schwanzwedelnd hinter der Scheune hervorkam. Margit ging in die Hocke und kraulte den Hund hinter den Ohren. Max streute Tabak auf das Zigarettenpapier und trat zurück in den Flur.

Er hatte noch keine zwei Schritte gemacht, als es passierte.

Später würde Max sagen, es sei so gewesen wie in der einen Szene aus *Lohn der Angst* mit Yves Montand und Peter van Eyck. Der Tabak lag auf dem Papier, und in der nächsten Sekunde war er nicht mehr da. Dann folgte ein Schlag, der Max von den Beinen fegte und ihn bis in die Küche katapultierte.

Das blanke Inferno. Eine Druckwelle, die das Haus erzittern ließ. Ein Knall jenseits aller Schmerzgrenzen.

Einzelne Bilder, wie Schnappschüsse, die sich Max unauslöschlich ins Gehirn brannten. Der umstürzende Küchenschrank, der alles Geschirr ausspuckte. Die Wohnzimmertür, die einfach aus dem Rahmen geblasen wurde. Die Ottomane, die samt Arno auf einmal senkrecht stand. Wolle und Curd, die auf ihren Stühlen sitzend gegen die Wand geschleudert wurden. Dazu das Bersten der Scheiben und der anschließende Regen aus Scherben, Holzsplittern, Gips und Dreck.

Und auf einmal wurde es still.

Staub, dicht wie Nebel, senkte sich herab. Drang in Augen, Mund und Nase. Blind und hustend rappelte Max sich hoch, stolperte über zerbrochenes Geschirr, lief gegen eine Wand, tastete sich durch den Flur nach draußen.

Ein tiefer Atemzug.

Die eine Hälfte der Scheune fehlte. Die andere Hälfte sah aus, als habe ihr ein Riese einen Fußtritt verpaßt. Der Heuboden schien in der Luft zu hängen.

Der Blitz war verschwunden. An seiner Stelle ein rauchender Krater. Der Skoda. Ein Haufen verbogenes Blech. Arnos Harley. Ein Knäuel aus Eisen und Gummi. Ein einzelner Reifen kam von irgendwo und rollte vom Hof, die Stichstraße hinunter. Vorbei an dem, was von Margits Ente übrig geblieben war.

Margit!

Schreiend stürzte Max zu der Stelle, wo er sie zuletzt gesehen hatte. Nichts. Drehte sich um sich selbst wie ein Kreisel. Einmal. Zweimal. Dreimal. Alles und zugleich nichts erfassend.

Dann sah er sie. Ein Stück die Straße hinunter. Mitten auf der Fahrbahn.

Schleppend, beinahe unwillig, als ließe sich das Grauenhafte durch Zögern vermeiden, setzte Max sich in Bewegung. Mit hängenden Schultern. Schlurfend.

Kam an Bessie vorbei. Der Hund zerfetzt. Noch zwei Schritte. Noch einer.

Margit lag auf dem Bauch. Ein Bein etwas angezogen. Den linken Arm leicht angewinkelt. Die Hand in der Taille. Den anderen Arm unter dem Kopf. Die Haare wie ein Vorhang über der linken Gesichtshälfte.

Max ging auf die Knie. Strich ihre Haare zurück. Faßte sie vorsichtig an der Schulter. Schob seine Rechte unter ihren Kopf. Drehte sie behutsam herum.

Blut.

Alles, was Max sah, war Blut. Stirn. Augen. Nase. Blut. Wangen. Mund. Kinn. Nichts als Blut. Ihr Hals. Blut. Ihr Kleid. Getränkt von Blut.

Wie in Zeitlupe nahm Max sie in die Arme. Legte seine Wange an ihre. Drückte sie an sich. Hielt sie. Wiegte sie.

Wiegte sie noch, als in der Ferne die ersten Sirenen ertönten.

Feuerwehrleute, Polizisten und Notärzte schwirrten über den Hof und durch das Haus. Kommandos wurden gebrüllt. Schläuche und Maßbänder entrollt. Bergewerkzeug, Erste-Hilfe-Koffer und Tragen herangeschleppt. Mitten im Gewühl stand Stricker vom RGA und quasselte sein Diktiergerät voll. Der Fotograf, den er mitgebracht hatte, wechselte gerade den Film.

Die Scheune mußte abgestützt werden. Der Skoda, der mit Verspätung in Flammen aufgegangen war, wurde eingeschäumt. Irgendwo war eine Wasserleitung geborsten. Verstörte Schafe und Zwerghühner liefen herum. Ein Chaos, das an Reportagen aus Bürgerkriegsgebieten erinnerte.

Das provisorische Lazarett befand sich im Wohnzimmer.

Verdreckt und blutverschmiert lag Max vor der Stereo-Anlage auf dem Teppich und zitterte völlig unkontrolliert. So stark, daß er weder reden noch rauchen konnte.

»Ganz ruhig, Max«, sagte Margit, die neben ihm kniete und seine Hand hielt. »Ist doch vorbei.«

Max schloß die Augen. Mit der freien Hand zog er Margits Kopf an seine Brust und fuhr ihr durchs Haar. Immer wieder.

»Mein Gott, ich dachte, du wärst tot«, stammelte er.

»Dein Hund hat mir das Leben gerettet. Hätte Bessie nicht vor mir gestanden, hätte mich der Splitter getroffen.«

Ein Paar weiße Hosenbeine tauchten in Max' Augenwinkeln auf, und eine sonore Stimme sagte: »Wollen Sie eine Beruhigungsspritze, Herr Hellenrath?«

»Nicht nötig«, sagte Max. »Es geht schon wieder.«

Margit löste sich von Max und setzte sich auf. Als sie den Arzt anblickte, wurde der kreidebleich.

»Herrje!« entfuhr es ihm. »Ist mit Ihnen alles in Ordnung?«

»Das ist nur Tierblut«, sagte Margit.

»Kommen Sie«, sagte der Arzt und half ihr auf. »Die Sanitäter waschen Ihnen das Blut ab.«

Der Arzt führte Margit zur Anrichte, neben der zwei Klappstühle aufgestellt waren. Auf dem einen wurde Wolle gerade verpflastert. Den anderen räumte Curd, kam herüber zu Max und setzte sich neben ihn. Mit der Mullbinde um den Kopf sah er aus wie ein Pirat.

Max stützte sich auf die Ellbogen. »Wo ist Chico?«

»Noch auf dem Heuboden«, sagte Curd. »Der muß erst gesichert werden, bevor sie ihn runterholen können. Aber ihm ist nichts passiert. Wollte, daß ich ihm ein Bier raufwerfe.«

»Und selbst?«

»Der Schädel brummt. Sonst ist alles klar. Hast du Tabak? Meiner liegt irgendwo unter dem Schutt in der Küche.«

Max kramte den Van Nelle hervor. »Ich könnte auch eine gebrauchen. Sei so gut.«

Als die Selbstgedrehten qualmten, sagte Curd: »Bessie war ein guter Hund.«

»War sie«, sagte Max. Und nach einer Weile: »Das war 'ne Bombe, oder?«

»Auf jeden Fall keine Fehlzündung.« Curd blickte sich im Wohnzimmer um. »Du wirst renovieren müssen.«

Ein kräftiger Feuerwehrmann führte Arno herein. Arno sah aus, als habe er gerade eine Woche Urlaub mit Gespenstern hinter sich.

»Der Mann ist völlig verwirrt«, sagte der Feuerwehrmann zu dem Arzt. »Läuft uns andauernd zwischen den Füßen herum. Wenn man ihn wegschickt, fängt er an zu toben. Am besten, Sie stellen ihn ruhig.«

»Komm her, Arno«, rief Max und klopfte auf den Boden neben sich. »Dann brauchst du kein Valium schlucken.«

Arno trottete heran und ließ sich auf den Teppich plumpsen. Bis auf eine zehn Zentimeter lange Schramme an der Stirn sah er heil aus.

»Schade um deinen Bock«, sagte Curd.

Arno schniefte. »Wenn's nur der wäre. In den Packtaschen waren meine Kameraausrüstung und der Laptop.«

»Bist du nicht versichert?« fragte Max.

»Schon. Aber bis ich das alles wieder zusammen habe.« Arno stützte den Kopf in die Hand. »Ich darf gar nicht darüber nachdenken.«

Max wandte sich an Curd. »Hast du mal nach der Anlage geguckt?«

»Schwein gehabt«, sagte Curd. »Begraben unterm Heu, aber ohne Kratzer.«

»Fehlt uns also nur ein Wagen, um nach Burg zu kommen.«

»Du willst doch heute abend nicht etwa auftreten?«

»Was dachtest du denn? Die Band lebt, und die Anlage steht. Welchen Grund gibt es, nicht aufzutreten?«

Curd warf die Arme in die Luft. »Wenn das hier kein Grund ist, bitte!«

Köster von der Kripo tauchte im Türrahmen auf und winkte Max zu sich. Max stand auf und bahnte sich einen Weg durch das Chaos.

»Ullmann will Sie sprechen«, sagte Köster. »Er wartet draußen.«

Ullmann stand mitten auf dem Hof, das rechte Bein auf den Kadaver von Arnos Harley gestützt. Wie ein Großwildjäger, der zur Abwechslung mal ein Motorrad erlegt hat.

»Lassen Sie das als Entschuldigung gelten?« fragte Max und machte eine Rundumgeste.

»Wofür?«

»Sonja Werner. Sie sollte um acht auf der Wache sein.«

»Keine Frage. Bringen Sie sie heute nachmittag oder morgen früh vorbei.« Dann hielt er Max das verbogene und verrußte Stück Blech vors Gesicht, mit dem er die ganze Zeit herumgespielt hatte. »Hier, das stammt von einem Verzögerungszünder.«

»Ein ... Was für ein Zünder?«

»Verzögerungszünder«, wiederholte Ullmann weltmännisch, als beschäftige er sich sonst mit Cruise Missiles und Patriots und nicht mit solchem Kinderkram. »Die Kollegen von der Spurensicherung haben mir das so erklärt: Der Motor wird angelassen, aber der Wagen fliegt nicht sofort in die Luft, sondern es wird lediglich ein Mechanismus in Gang gesetzt, der die Sprengladung nach Ablauf einer vorher eingestellten Zeit – also mit Verzögerung – zündet. Alles klar?«

»Großartige Erfindung«, sagte Max. »Und solchen Scheißdreck kauft man wahrscheinlich bei Dynamit Krause oder bei OBI.«

»So ein Ding baut sich jeder halbwegs geschickte Heimwerker selbst«, sagte Ullmann.

»Aber nicht jeder Bastler hat Sprengstoff im Keller.«

»Sie haben es erfaßt. Und genau da setzen wir auch mit unseren Ermittlungen an.« Ullmann faßte Max an der Schulter und führte ihn ein Stück zur Seite. »Haben Sie eine Ahnung, wer Sie derart haßt? Wer Ihnen das angetan haben könnte?«

»Darüber denke ich schon die ganze Zeit nach«, sagte Max, schüttelte aber den Kopf. »Eigentlich niemand.«

Inzwischen hatte die Feuerwehr den Heuboden soweit abgestützt, daß eine Leiter angelegt werden konnte. Chico kletterte herunter und ließ sich von Curd, Wolle und Arno feiern, als sei ihm soeben die Erstbesteigung des Matterhorns auf Socken gelungen.

Max war der ganze Trubel zuviel. Die Hände in den Hosentaschen spazierte er die Stichstraße hinunter, vorbei an der Feuerwehr, dem Notarztwagen und dem halben Dutzend Polizeifahrzeugen, lehnte sich an einen Zaunpfahl und steckte sich eine Zigarette an.

Ein lauer Sommerwind strich ihm durchs Gesicht und ließ ihn lächeln. Max freute sich. Er freute sich, daß er lebte, und daß auch den anderen nichts passiert war.

Jedenfalls solange, bis er Königs Jaguar die Straße herunterkommen sah.

König stoppte neben Max und mußte die Tür öffnen, da der elektrische Fensterheber kaputt war.

»Mensch, Max«, sagte er und schob die Porsche-Sonnenbrille auf die Stirn. »Das ist ja ein Hammer.«

»Kein Hammer«, sagte Max. »Eine Bombe. Haben dich die Rauchzeichen angelockt?«

König zeigte auf die Mittelkonsole. »Ich hör doch immer den Bullenfunk ab. Wegen Radar und so. Irgendwer verletzt?«

»Bessie ist tot.«

Da König nichts für Hunde, Katzen oder Kanarienvögel übrig hatte, konnte er damit wenig anfangen. Er versuchte zwar kurz, ein betretenes Gesicht zu machen, aber das reichte nicht einmal für eine Nebenrolle in *Gute Zeiten, schlechte Zeiten*. Also begab er sich wieder auf Terrain, auf dem er sich zu Hause fühlte. Geld.

»Eure Schulden sind natürlich per sofort gestundet«, sagte er und machte dazu eine generöse Geste, die wohl besagen sollte, Max brauche sich nicht zu bedanken. Was Max aber auch nicht in den Sinn gekommen wäre. »Zumindest, bis alles wieder steht. Was ist mit der PA?«

»Schrott geht selten kaputt.«

»Na, na.« König wackelte mit dem Zeigefinger. »Hat auch Geld gekostet. Was wird aus eurem Gig in Burg?«

»Startet pünktlich. Schließlich ist die Miete für die Bühne schon bezahlt, und das Konzert ist ausverkauft.«

»Falls ihr irgendwelche Unterstützung braucht, weißt du ja, an wen du dich wenden kannst.«

Max sagte nichts.

»Was dagegen, wenn ich mir die Bescherung mal ansehe?« fragte König.

»Nur zu«, sagte Max. »Fühl dich wie zu Hause.«

König rangierte den Jaguar in die Rabatten und stieg aus. Da Max keine Anstalten machte, ihn zu begleiten, machte er sich allein auf den Weg.

Max rauchte eine weitere Zigarette und sah der Feuerwehr beim Zusammenpacken zu. Dann schlenderte er zurück zum

Haus. Margit, die inzwischen einen von Irmgards Folklorefummeln trug, telefonierte von Ullmanns Wagen aus mit Sonja und versprach, sie nachmittags abzuholen. Curd und Chico schleppten die Anlage aus der nach wie vor einsturzgefährdeten Scheune. Wolle trieb die Schafe zusammen. Arno stand neben den Resten seiner Harley und trauerte. Von König war nichts zu sehen.

Im vorderen Klo, dem sogenannten Gästeklo, war die halbe Decke heruntergekommen. Also durchquerte Max die ramponierte Küche und ging ins Bad, das im rückwärtigen Teil des Hauses lag. Hier war die Welt noch heil. Max öffnete das Fenster hinter dem WC, zog einen Uralt-Spiegel aus dem Lektürestapel auf der Waschmaschine und machte es sich bequem.

Barschel war tot. Engholm verlangte vorbehaltlose Aufklärung. Stoltenberg wußte von nichts. Max war die Explosion auf den Darm geschlagen. Unter dem Badezimmerfenster piepste es.

»Theo hier«, hörte Max Königs Stimme sagen. »Ist Jupp da?«

Max runzelte die Stirn.

»Das ist mir scheißegal«, fuhr König fort. »Dann holst du ihn eben aus dem Bett.«

Max warf einen Blick über die Schulter. Von König war nur der dauergewellte Hinterkopf nebst rechter Hand und Handy zu sehen.

»Jupp?« – »Na, endlich. Ich bin hier bei Hellenrath.« – »Hellenrath, der mit dem kleinen Finger. Sag mal, bist du eigentlich bescheuert? Weißt du, wie es hier aussieht? Wie nach einem Bombenangriff.« – »Wovon ich rede? Von der Scheiße, die du hier verzapft hast. Ich hatte Daumenschrauben gesagt. Druck machen. Aber kein Wort davon, daß du Haus und Hof in die Luft jagen sollst.« – »Quatsch doch nicht! Das ist doch genau deine Handschrift!« – »Wie?« – »Was?« – »Wie?« – »Das glaub ich nicht.« – »Das gibt's doch gar nicht!« – »Wirklich?« – »Ja, aber wer hat denn dann ...« – »Na, das verstehe, wer will.« – »Nein, nein. Vorerst läßt du ihn in Ruhe.« – »Nein. Du unternimmst überhaupt nichts.« – »Ich meld mich wieder.« – »Alles klar.« – »Okay. Tschüß. Und Gruß an Elli.«

Max war minutenlang wie versteinert. Minuten, in denen ihm eine Schuppe nach der anderen von den Augen fiel. Die Bilder wurden klarer und schärfer und paßten auf einmal zueinander. Sie fügten sich zu einem Panorama. Einem Panorama der Niedertracht, der Heimtücke, des Betrugs und der Gewalt. Als Max schließlich alles überblickte, schwanden ihm beinahe die Sinne.

Er beendete die Sitzung, wusch sich die Hände und verließ das Bad. In der Küche klaubten Margit und Wolle die wenigen heilen Teller und Tassen aus den Trümmern.

»Was hast du?« fragte Margit erschrocken, als sie Max sah. »Kreislaufprobleme?«

»Hast du einen Moment Zeit? Ich muß mit dir reden.«

Der einzige Ort, an dem sie ungestört waren, war das Schlafzimmer im ersten Stock. Sie setzten sich nebeneinander aufs Bett, und Max berichtete von dem Telefonat, dessen unfreiwilliger Zeuge er geworden war. Margit fielen beinahe die Augen aus dem Kopf.

»Dieser Bastard!« zischte sie, ballte ihre Fäuste und boxte wutentbrannt das Kopfkissen. »Das heißt doch, daß König auch diesen Seklacek auf dich angesetzt haben muß.«

»Allerdings. Von wegen Zufallsbekanntschaft.« Max schüttelte den Kopf. »Und ich Idiot geh dem Kerl auf den Leim. Im Nachhinein fallen mir natürlich alle möglichen Ungereimtheiten auf.«

»Also war der Schmuggel der Pornohefte von Anfang als Falle gedacht.«

»Raffiniert, nicht? König hat die ganze Geschichte einzig und allein eingefädelt, damit uns auch noch unsere letzten finanziellen Reserven flöten gehen. Hundert zu eins, daß er es auch war, der dem türkischen Zoll den Tip gegeben hat. Und ich hab die ganze Zeit geglaubt, wir hätten einfach nur Pech gehabt.«

»Und dann hat dir dieser Hurensohn den Fingerbrecher auf den Hals gehetzt.«

»Er dachte wohl, je stärker der Druck auf mich wird, desto größer die Chance, daß wir den neuen Vertrag doch noch unterschreiben. Schlechtes Beispiel macht Schule. Er mußte schließlich befürchten, daß die anderen Bands nachziehen, wenn er uns damit durchkommen läßt.« Max fuhr sich durch die Haare. »Ich hab mich sowieso schon gefragt, woher Conradi wußte, auf welchen Finger ich am ehesten verzichten kann.«

»Und du bist dir sicher, daß dieser Conradi auch die Bombe gelegt hat?«

»Wer sonst?« fragte Max. »Daß er es König gegenüber bestritten hat, ist klar. Immerhin ist er damit saftig übers Ziel hinausgeschossen.«

Dumpfes Schweigen folgte, währenddessen Max und Margit offenbar dasselbe dachten. Nur wagte keiner der beiden, das Ungeheuerliche auszusprechen, das sich als Konsequenz aufdrängte. Schließlich war es Margit, die den Bann brach.

»Tanjas Ermordung«, sagte sie leise. »Geht die auch auf Königs Konto?«

Max atmete tief durch. »Es fällt mir schwer, das zu glauben, aber es muß wohl so sein. Wahrscheinlich war Conradi schon am Dienstag auf mich angesetzt. Dabei muß ihm Tanja hinter dem AJZ in die Quere gekommen sein.«

»Und deswegen bringt er sie gleich um?«

»Weiß der Teufel, wobei sie ihn überrascht hat. Und zu was er fähig ist, hast du ja hier gesehen.«

Eine Weile starrte Margit vor sich hin, dann sagte sie: »Okay, nehmen wir an, es war so. Aber wie willst du das alles beweisen?«

Ruckartig stand Max auf und trat ans Fenster. Auf der Weide im Tal standen Ollis Brauner und die gescheckte Stute und knabberten sich gegenseitig am Hals.

»Frag mich was Leichteres«, sagte er.

... tonight the dragon flies
tomorrow the world will die
tonight the dragon flies
tomorrow the world will die.

Mehr als zweihundertfünfzig begeisterte Besucher bejubelten die dritte und letzte Zugabe der Band. Max, Chico und Curd turnten von der Bühne, die auf der Schloßterrasse zu Füßen des Standbilds Graf Engelberts des Zweiten aufgebaut war. Indigniert wandte der steinerne Ritter seinen Blick vom tobenden Pöbel ab.

Max schob sich mit den Massen durch das Zwingertor. Die Uhr am Batterieturm stand oder ging drei Stunden vor. Es war erst halb elf. Mitten im Gewühl entdeckte er Margit. Sie trug einen Ledermini mit dazu passender Jacke im Bolero-Schnitt und sah alles andere als begeistert aus.

»Waren wir so schlecht?« fragte Max.

Sie zog ihn zur Seite. »Conradi ist hier.«

Max gefror. »Woher weißt du das?«

»Wolle hat ihn gesehen. Er hat es mir vor zehn Minuten gesagt.«

»Kein Zweifel?«

»Er war sich sicher.«

»Und wo ist der Schweinehund jetzt?«

»Zuletzt hat Wolle ihn vor der Torschänke gesehen. Da hat er ihn aus den Augen verloren.«

Max wollte gehen, aber Margit hielt ihn zurück. »Nicht, Max. Nicht auf eigene Faust. Wir müssen die Polizei einschalten.«

»Die Polizei?« fragte Max. »Machst du Witze? Daß ich das Telefonat mitgehört habe, beweist gar nichts.«

»Dann sagen wir einfach aus, wir hätten es gemeinsam gehört.«

»Keine Chance. König wird behaupten, er habe mit seiner Großmutter telefoniert. Und sollte er wider Erwarten doch zugeben, mit Conradi gesprochen zu haben, dann haben sie eben über die aktuellen Kartoffelpreise gequatscht. Unsere Aussagen gegen ihre. Zwei gegen zwei. Vergiß es.« Max schlug mit der Faust in seine offene Hand. »Was wir brauchen, ist Conradis Geständnis. Und das hol ich mir. Nur so können wir König festnageln.«

Curd und Chico näherten sich.

»Kein Wort zu den beiden«, raunte Max. »Das ist meine Sache.«

Margit atmete schwer, nickte aber.

»Abbauen, aufladen und nach Hause«, sagte Chico und schlug Max auf die Schulter. »Wolle holt schon den Trecker.«

Wie auf Stichwort tuckerte der blaue Ford 6600 mit dem Pritschenanhänger im Schlepp heran. Vorneweg marschierte Theo König und bahnte den Weg.

»Kompliment«, rief er. »Saubere Arbeit. Noch Lust auf ein Bier? Geht auf meine Rechnung.«

»Geht nicht«, sagte Chico. »Der Trecker muß zurück. Olli braucht ihn morgen in aller Herrgottsfrühe.«

»Ihr müßt heute mal ohne mich klarkommen«, sagte Max, der sich zwang, König zu ignorieren. »Ich hab noch was zu erledigen.«

»Kein Problem«, sagte Chico.

Max deutete auf eine heranknatternde Enduro. »Da kommt einer, der für mich anpacken kann.«

Der Fahrer trug einen Integralhelm mit schwarzem Visier, aber die Fransenjacke entlarvte ihn. Arno.

»Wo hast du das Ding denn her?« fragte Curd und tätschelte den Tank der Yamaha.

Arno nahm den Helm ab. »Leihmaschine. Vor nächstem Frühjahr kann Harley nicht liefern.«

Alle mußten zur Seite, als Wolle zurücksetzte. Max nutzte die Gelegenheit und verdrückte sich gemeinsam mit Margit.

»Du wartest vor dem Café Burghof«, sagte er im Gehen. »Ich komm, sobald ich die Sache erledigt habe.«

Margit blieb stehen. »Max, du machst mir Angst. Du müßtest dein Gesicht sehen. Du siehst aus wie ein in die Enge getriebenes Tier.«

»Genauso fühl ich mich auch«, sagte er und faßte sie an den Schultern. »Sorry, aber es muß sein.«

Die folgende Umarmung war verkrampft und so vergnüglich wie saures Aufstoßen. Abrupt riß Margit sich los und nagelte mit ihren Stilettos ein bitteres Stakkato auf die Pflastersteine. Max blickte ihr nach, bis sie im Pulk der Leute jenseits des Grabentors verschwand. Dann atmete er einmal tief durch und betrat die Torschänke.

»'n Bier?« Die Frage des Dreitagebarts hinter der Theke kam gespuckt.

»'n Alt«, sagte Max. »Aber in 'nem sauberen Glas.«

»Was soll das denn heißen?«

»War nur 'n Scherz.« Max lehnte sich an die Theke. »Ich bin hier verabredet. Mitte Vierzig, eins neunzig lang, fast genauso breit und Pepitahut-Fan. Hast du den gesehen?«

»Sitzt da«, sagte der Dreitagebart und ruckte mit dem Kopf.

Max blickte zur Seite. Der Pepitahut lag auf dem Tisch. Daneben stand eine halbvolle Pilstulpe. Der Mann dazu fehlte.

Der Dreitagebart hatte es inzwischen auch bemerkt. »Dann ist er wohl pissen.« Dazu ruckte er mit dem Kopf in die andere Richtung.

Max löste sich von der Theke und ging in Richtung Toiletten. Einmal Ausweichen, weil ihm die Bedienung mit einem Tablett entgegen kam, auf dem zwei Klumpen lagen. Baguettes aus der Mikrowelle. Moderne Küche. Wenn's mal schnell gehen muß. Auch für zu Hause geeignet.

Damen geradeaus, Herren links. Max griff in die Hosentasche und zog das Springmesser heraus. Mit der freien Hand schob er vorsichtig die Tür auf. Ein Waschbecken kam in Sicht. Zwischen Seifenspender und Handtuchabroller ein Spiegel, dem unten rechts die Ecke fehlte. An der gegenüberliegenden Wand ein Pissoir. Ein zweites. Ein drittes. Aber kein Conradi.

Mit einem Satz war Max an der Außenwand und überblickte den Raum bis zu den Aborttüren. Die linke stand sperrangelweit offen. Brille und Deckel waren heruntergeklappt. Auf dem Boden lag ein halber Meter Klopapier. Die andere Tür war geschlossen.

Max ging auf alle Viere und warf einen Blick unter der Tür durch. Graue ausgelatschte Slipper, Frotteesocken, darüber borstiges Männerbein. Eindeutig, das war er.

zlich Männerstimmen auf dem Gang. Max richtete sich auf verschwand in der unbesetzten Kabine. Er verriegelte die Tür d klappte den Klodeckel hoch. Der vorherige Benutzer hatte nicht abgezogen. Max atmete durch den Mund, lehnte sich an die Trennwand und wartete.

Die Stimmen gehörten zwei Männern, die sich lautstark über den Körperbau einer gewissen Angelika unterhielten. Reißverschlüsse wurden gezogen, Wasser wurde gelassen. Einer furzte. Dreckiges Lachen. Erneut die Reißverschlüsse. Abgang ohne Händewaschen. Es wurde wieder still. Und noch immer kein Laut aus der Nachbarkabine.

Max wickelte Klopapier ab, knüllte es zusammen und warf das Knäuel ins Becken. Dann klemmte er sich das Messer zwischen die Zähne und betätigte die Spülung. Gurgelndes Rauschen. Laut genug, um andere Geräusche zu kaschieren. Die Füße auf die Brille. Die Hände auf die Trennwand. Max zog sich hoch und warf einen schnellen Blick auf die andere Seite.

Das Erste, was ihm auffiel, war die Glatze, die beim ersten Mal unter dem Pepitahut versteckt gewesen war. Wie frisch gebohnert. Das Zweite war Conradis Körperhaltung. Zusammengesunken, der Kopf auf der Brust. Und erst dann entdeckte Max, daß Conradi die Hosen nicht runtergelassen hatte.

Max nahm das Messer aus dem Mund. »He! Sperrstunde!«

Keine Reaktion.

Max langte hinter sich nach unten, nahm die Reserverolle Klopapier vom Wasserkasten und warf sie Conradi an den Kopf. Der wippte leicht, aber das war auch schon alles.

Max stieg ab, verließ die Kabine und nahm Anlauf. Erst beim zweiten Versuch gab das Schloß von Conradis Kabinentür nach. Die Tür flog auf und schlug zurück. Max drückte sie wieder auf.

Nähertreten war überflüssig. Die Bescherung war auch so zu sehen.

Conradis kurzärmliges kariertes Sommerhemd hatte sich verfärbt. Kurz unterhalb der Brusttasche. Der Fleck war bierdeckelgroß und dunkelrot. Und mittendrin, wie das Zentrum auf einer Zielscheibe, befand sich ein schwarzgerändertes Loch.

Wer auch immer ihn erschossen hatte, hatte einen Volltreffer gelandet.

Dienstag, 6. September

»Bearbeiten Sie inzwischen sämtliche Mordfälle NRWs?« fragte Max. »Wenn ich mich nicht irre, liegt Burg außerhalb Ihres Reviers.«

»Alles, was Sie betrifft, geht mich etwas an«, sagte Ullmann, der aussah, als hätten sie ihn aus dem Bett geholt. »Selbst ein Strafzettel für falsches Parken.«

»Damit kann ich nun überhaupt nicht dienen.«

Ullmann zeigte auf den Zinksarg, der gerade vorbeigetragen wurde. »Wissen Sie, Herr Hellenrath, bei uns im friedlichen Köln sagt man: ›Der Bergische schlägt jemand tot für ein Glas Bier.‹ Manchmal hab ich das Gefühl, daß da was dran ist.« Sein Grinsen war kurz und freudlos. »Die Römer wußten schon, warum sie in ihrem Lager am Rhein geblieben sind und sich einen Dreck darum geschert haben, daß die Barbaren sich in den dunklen Tälern jenseits des Flusses gegenseitig totgeschlagen haben. Ich wünschte, ich könnte das auch. Setzen wir uns.«

Sie nahmen den Tisch, auf dem bis vor kurzem noch Conradis Hut gelegen hatte. Ullmann winkte dem Dreitagebart, der herangeschlurft kam.

»Für mich eine Cola ohne Eis«, sagte Ullmann. »Und Sie?«

»Ein Alt«, sagte Max. »Aber in 'nem sauberen Glas.«

»Haha«, machte der Dreitagebart. »Außerdem haben wir schon geschlossen.«

Ullmann machte sich nicht die Mühe, ihn anzublicken. »Wenn dem so wäre, säßen wir nicht hier. Und beeilen Sie sich, wir haben nicht ewig Zeit.«

Der Dreitagebart ließ die Mundwinkel hängen und zog ab.

Ullmanns Blick fixierte Max. »Lassen Sie hören. Und vor allem – lassen Sie nichts aus.«

Max drehte in Ruhe seine Van Nelle zu Ende und zündete sie an. Den Rauch blies er Ullmann zuliebe zur Seite. Dann berichtete er. Von dem mißglückten Pornoschmuggel und den daraus resultierenden Schulden, von Conradis Besuch in Höhe und dem

…nenen Finger, und wie er Conradi vor etwas mehr als einer …e auf dem Klo gefunden hatte. In knappen Worten, aber …ch ausführlich. Theo Königs Rolle dabei, insbesondere seine Verbindung zu Conradi, ließ er aus.

»Wie heißt der Mensch, der mit Ihnen die Pornohefte schmuggeln wollte?« fragte Ullmann.

Die Getränke kamen. Max wartete, bis der Dreitagebart wieder abgerückt war. Ullmann hatte offensichtlich Durst. Die halbe Cola verschwand in einem Zug.

»Seklacek. Siegfried Seklacek. Wiersbergstraße. Dic muß irgendwo in Köln-Kalk sein. Die Hausnummer weiß ich nicht.«

»Wir werden ihn schon ausfindig machen.« Ullmann runzelte die Stirn. »Mir kam eben der Gedanke, daß Conradi womöglich auch derjenige war, der Ihnen die Bombe in den Wagen praktiziert hat. Andererseits wäre das ein bißchen viel Aufwand und Risiko für fünfhundert Mark. Wie sehen Sie das?«

Max zuckte die Achseln. »Mag sein. Ich bin mit den Gepflogenheiten von Geldeintreibern nicht vertraut.«

Jetzt bohrte Ullmanns Blick. »Oder haben Sie mir etwas verschwiegen? Geht es vielleicht um mehr als nur fünfhundert Mark?«

»Nur die fünfhundert. Seklacek wird Ihnen das bestätigen.«

Ein Uniformierter kam an den Tisch und hielt Ullmann ein durchsichtiges Plastiktütchen mit einer Patronenhülse hin.

»Neun Millimeter«, sagte der Uniformierte.

Ullmann übernahm das Tütchen und ließ es vor Max' Gesicht pendeln. »Sie sind nicht zufällig im Besitz einer Schußwaffe dieses Kalibers?«

Max drückte seine Zigarette aus. »Als Kind hatte ich mal 'n Holzgewehr mit 'ner Kerbe und 'ner aufgenagelten Wäscheklammer. Damit konnte man Einweckgummis abschießen. Das war's aber auch schon.«

Ullmann ließ das Tütchen in der Jackentasche verschwinden. »Immerhin hätten Sie ein Motiv.«

»Auch hierbei gilt, was Sie schon sagten: Ein bißchen viel Aufwand und Risiko für fünfhundert Mark.«

»Woraufhin ich Sie gefragt habe, ob Sie mir nicht etwas verschwiegen haben.«

Max entgegnete nichts, ertrug nur Ullmanns Blick.

Bis Ullmann schließlich sagte: »Sie hören von mir, Herr Hellenrath. Das Bier geht auf mich.«

»Danke«, sagte Max, leerte sein Glas, von dem er bisher nur einmal genippt hatte, und stand auf.

»Einen Moment noch«, sagte Ullmann und blätterte in seinem Notizbuch. »Seien Sie so gut und schicken mir die Herren König und Klesper herein. Sie warten vor der Tür. Die beiden sind die nächsten auf meiner Liste. – Meine Güte, das sind ja bestimmt noch zehn Personen. Ich werd verrückt.« Er räusperte sich. »Sie und Ihre Kollegen können nach Hause fahren.«

Max tat, worum er gebeten worden war. Margit, Curd, Chico und Wolle standen um den Trecker herum, der unter der Pechnase parkte.

»Ihr könnt abrücken«, sagte Max.

»Und du?« fragte Curd.

»Ich komm später. Wenn ihr wollt, könnt ihr im Haus schlafen.«

»Nee«, sagte Curd. »Ich bin froh, wenn ich mal wieder in meinem eigenen Bett pennen kann.«

»Und ich komm erst wieder, wenn du 'ne Alarmanlage eingebaut hast«, sagte Chico.

»Wenn das so ist, schlaf ich die Nacht im Wald«, sagte Wolle und enterte den Fahrersitz. »Allein und ohne Hund ist mir das zu gefährlich.«

Curd und Chico kletterten auf den Anhänger. Rußwolken ausstoßend und ruckelnd setzte sich der Traktor in Bewegung.

»Vermute ich richtig, daß du die Nacht bei mir verbringen willst?« fragte Margit und hängte sich an Max' Arm.

»Falsch. Da vorne ist 'ne Telefonzelle. Ruf uns ein Taxi. Ich bin gleich wieder da«, sagte er und verschwand in der Dunkelheit des Parkplatzes.

Das Taxi mußte wohl in der Nähe gewesen sein, denn kaum war Max zurück, kam es von Unterburg herauf. Beide stiegen im Fond ein.

»Frankenforst«, sagte Max zu dem Fahrer.

»Wo soll das denn sein?« fragte der und suchte im Rückspiegel Blickkontakt.

»Bergisch Gladbach oder Bensberg. Wenn wir da sind, kann ich Ihnen den genauen Weg zeigen.«

Der Fahrer legte den Gang ein und gab Gas. »Landstraße oder Autobahn?«

»Was geht schneller?«

»Autobahn. Kostet aber mehr.«

»Autobahn«, sagte Max und räkelte sich auf dem Sitz.

Margit ließ sich bis Hünger Zeit, ehe sie fragte: »Was soll das?«

Max zog ihren Kopf zu sich heran und flüsterte: »Wir steigen in Königs Haus ein. Beweise sichern.«

»Was für Beweise?«

»Das wirst du schon sehen«, sagte Max.

»Und was hast du auf dem Parkplatz gemacht?«

»Seine Reifen zerstochen. Wir brauchen Vorsprung.«

Da um diese Zeit so gut wie kein Verkehr herrschte, dauerte die Fahrt über die A1, A3 und A4 bis zur Abfahrt Bergisch Gladbach/Bensberg keine vierzig Minuten. Margit nutzte die Zeit, um Max zu berichten, wie es nachmittags mit Sonja auf der Wache gelaufen war.

Sonja hatte einer Polizistin eine detaillierte Schilderung des Vorfalls geben müssen. Das war ihr nicht leicht gefallen, aber sie hatte durchgehalten. Da auch Frau Müller, Christines Mutter, dabei gewesen war, war das Jugendamt lediglich benachrichtigt worden, und Sonja war die Einweisung in ein Heim erspart geblieben.

»Endlich mal 'ne gute Nachricht«, sagte Max.

Das Taxi rollte die Frankenforster Straße in Richtung Bensberg. Max sagte dem Fahrer, wo er abbiegen mußte. An der Ecke Kiebitzstraße/Rosenstraße, gegenüber der Kirche, ließ er ihn halten und bezahlte.

Als das Taxi außer Sicht war, gingen Max und Margit Arm in Arm die Rosenstraße hinunter. Nirgendwo brannte Licht.

Auf Hausnummer 30 folgte 34. 32 gab es nicht.

»Das ist es«, sagte Max.

Ein amerikanischer Geländewagen mit Ramme und Riesenreifen stand rückwärts auf dem Einstellplatz neben der Garagenzufahrt.

»Königs Reservewagen«, sagte Max.

»Der sieht aus, als sei er von Mattel«, sagte Margit. »Wie willst du reinkommen?«

»Kein Problem. Das Garagentor ist defekt. Ein bißchen anheben und wupps – läßt sich der Griff drehen.«

»Woher weißt du das?«

»König hat letzten Sommer 'ne Gartenparty geschmissen. Wir waren auch eingeladen. Da hat er das vorgemacht. Guck mal unauffällig rum, ob einer kommt.«

Unauffällig war gut. Zwei Schritte auf, Kehrtwende, zwei Schritte ab, Kehrtwende. Dazu ihr spähender Blick. Margit sah aus wie ein kleiner Wachsoldat. Max machte sich inzwischen an dem mit einem Oldtimer bemalten Tor zu schaffen. Riß an dem Griff, versuchte das Tor anzuheben, drückte es nach allen Seiten, zog es auf sich zu, rüttelte daran. Nichts tat sich.

»Der Drecksack hat das Tor reparieren lassen«, keuchte er.

Margit huschte an seine Seite. »Und jetzt?«

»Müssen wir es woanders versuchen.«

»Hat er eine Alarmanlage?«

»Glaub ich nicht. Dazu ist er zu geizig.«

Max kletterte in Etappen voran und zog Margit, die sich ihre Schultertasche um den Hals gehängt hatte, anschließend hoch. Auf die kleine vordere Terrasse, von da aus aufs Garagendach, dann weiter auf die Dachterrasse, die zum Teil von einem nachträglich aufgesetzten Wintergarten eingenommen wurde. Der Lärm, den sie dabei veranstalteten, war gewaltig. Dazu kam, daß sich die Kletterpartie größtenteils zur Straße hin abspielte und mindestens aus fünf Häusern beobachtet werden konnte.

Als sie endlich oben standen, rechnete Max mit allem. Aber es blieb ruhig. Kein Hundegebell. Keine plötzlich aufflammenden Fluter. Keine Polizeisirenen.

Die Scheiben des Wintergartens waren daumendick. Keine Chance für einen ordinären Ziegelstein. Max versuchte es an der Tür, die auf der Rückseite lag. Mit der Messerklinge stocherte er im Schloß herum – und brach sie dabei ab.

»Saumist!«

»Ich würde noch lauter fluchen«, raunte Margit. »Gib es denn sonst keine Möglichkeit?«

»Siehst du eine?«

Ihr Blick glitt über die Rückfront des Hauses. »Wie wäre es damit?«

Max folgte ihrer Blickrichtung. Wahrhaftig. Das erste Fenster neben der Dachterrasse stand offen. Richtiggehend offen, nicht nur gekippt. Der Haken war nur, daß die Entfernung vom Geländer bis zum Sims des Fensters wenigstens anderthalb Meter betrug. Und die mußten im freien Flug überbrückt werden. Für Eichhörnchen und Schimpansen kein Problem. Ging es schief, hieß das: vier Meter Absturz in den Garten. Oder was auch immer sich in der Dunkelheit da unten verbergen mochte.

»Wir brauchen eine Leiter«, flüsterte Margit.

»Oder wir fragen die Nachbarn, ob einer einen Schlüssel hat.«
Margit überging das. »Soll ich dich halten?«

»Besser nicht, sonst liegst du mit unten.« Max legte die Lederjacke ab, kletterte über das Geländer, hielt sich mit einer Hand fest und lehnte sich hinaus. So sehr er sich auch reckte, es fehlten gut zwanzig Zentimeter.

»Wenn ich nur nicht so feuchte Hände hätte. Hast du ein Taschentuch?«

»Ich hab was Besseres.« Margit öffnete ihre Tasche und holte eine flache runde Dose heraus. »Hier. Puder.«

Max stäubte Handflächen und Finger ein. Zumindest das Geländer lag nun besser in der Hand. Dann spielte er den Sprung zweimal in Gedanken durch, wobei er beide Male abstürzte. Derart vorbereitet ging er so weit wie möglich in die Hocke und stieß sich ab.

Im Flug machte er eine Vierteldrehung nach links und bekam den Fenstersims zu fassen, pendelte aber unkontrolliert durch. Er schrammte mit dem Kinn über den Putz und rutschte mit der linken Hand ab. Sein ganzes Gewicht lastete an der rechten, und das auch nur an den drei mittleren Fingern. Und die machten Anstalten, trotz des Puders den Halt zu verlieren.

Als er nur noch mit den letzten, bereits tauben Fingergliedern am Sims hing, wand er sich plötzlich wie unter einem Stromschlag und riß den linken Arm hoch. Sah vielleicht nicht elegant aus, funktionierte aber. Die linke Hand fand Halt, und mit der rechten konnte Max nachfassen. Eine Sekunde Verschnaufen. Dann ein Klimmzug, wobei er gleichzeitig mit den Stiefeln nach Halt auf dem Putz suchte. Er stütze zuerst den rechten, dann den linken Unterarm auf. Packte den Fensterrahmen. Noch ein letztes Mal strampeln, und Max kroch durch das Fenster.

Als er die Wintergartentür von innen entriegelte, fiel Margit ihm um den Hals. So stürmisch, daß sie beide zu Boden gingen.

Da Max das Haus von früheren Besuchen noch gut in Erinnerung hatte, kamen sie auch im Dunkeln zurecht. Er ging voran, Margit folgte, eine Hand auf seiner Schulter. Erst als sie in den Keller hinunterstiegen, wagte Max, Licht zu machen. Hinter der zweiten Tür rechts, neben dem Weinkeller, war, was er suchte.

»Ein Schießstand?« fragte Margit, geblendet von einem halben Dutzend Neonröhren.

Max nickte. »König ballert gern auf Pappkameraden.«

»Und er besitzt eine Neun Millimeter«, sagte Margit.

»Schlaues Mädchen.«

Max ging den tunnelartigen Kellerraum entlang, der sich bis weit unter den Garten erstreckte. Am Ende waren acht lebensgroße, auf Karton aufgezogene Fotografien aufgebaut. Eine Parade von Hollywoods Westernhelden, aus irgendwelchen Filmen herauskopiert und vergrößert. Audie Murphy, Randolph Scott, Clint Eastwood, Chuck Connors, Charles Bronson, James Coburn, Kirk Douglas und Gary Cooper. Robert Redford im Outfit des elektrischen Reiters, der bei Max' letztem Besuch noch rechts außen gestanden hatte, fehlte. Wahrscheinlich hatte er inzwischen zu viele Löcher.

Margit schüttelte den Kopf. »Ist John Wayne gerade auf dem Klo?«

Max machte sich an den alten Matratzen, die hinter den Pappkameraden an der Wand standen, zu schaffen. Er tastete und klopfte sie ab. Stocherte hier und da mit der abgebrochenen Klinge in einem Einschußloch herum.

Hinter James Coburn wurde er schließlich fündig. Er pulte und förderte eine Kugel zutage, die er triumphierend zwischen Daumen und Zeigefinger gegen das Licht hielt. Ein bißchen platt an der Spitze, aber ansonsten unversehrt.

Genau, was Max gesucht hatte.

»Laß uns verschwinden«, sagte Margit. »Du hast doch jetzt, was du wolltest. König kann jeden Augenblick kommen.«

»Als ob der seinen geliebten Jaguar in der Wildnis stehen läßt. Er wird sein Handy heiß telefonieren, um irgendwo ein paar neue Reifen aufzutreiben.«

Max schob Margit vor sich her. »Hier geht's lang.«

Sie wechselten von den Flurfliesen auf watteweiche Auslegware. Margit blieb neben der Tür stehen. Max ging ans Fenster und zog die Vorhänge zu. Dann tastete er sich bis zum Schreibtisch zurück und knipste die Leselampe an. Margit deutete fragend auf den Lichtschalter an ihrer Seite.

»Mach ruhig an«, sagte Max. »Die Vorhänge sind dicht.«

Margit betätigte den Schalter, und ein Dutzend kleiner Halogenspots wurde gezündet.

Die Wände waren bis in Schulterhöhe mit Mahagoni vertäfelt. Darüber hing Königs Sammlung von Glamour-Fotos, Autogrammkarten, Standbildern, Konzertankündigungen und Filmplakaten ehemaliger deutscher Film- und Schlagergrößen. Sehr ehemaliger. Darunter Originalautographen von den Comedian Harmonists, Jan Kiepura, Hilde Seipp und dem Rudi Schuricke Terzett. Und – mit allein fünf großformatigen Aufnahmen, altargleich an der Stirnwand arrangiert – Zarah Leander. Alle unter Glas, gerahmt und diskret beleuchtet.

»Theos einziges Hobby«, sagte Max. »Wenn man mal vom Geldzählen absieht.«

»Ist er nicht verheiratet?« fragte Margit.

»War er mal. Sie ist ihm weggelaufen. Ist aber schon ewig her.«

Margit ging zu Max, der sich am Schreibtisch zu schaffen machte. »Was suchst du überhaupt?«

»Unterlagen«, sagte Max und fuhrwerkte mit einem Brieföffner im Schloß der obersten Schublade herum. Diesmal hatte er mehr Glück als an der Wintergartentür. Die Klinge hielt, und die Lade ließ sich herausziehen. »Papiere, die die Verbindung König-Conradi belegen.«

»Und was sollte das sein?«

»Korrespondenz, Kopien von Überweisungsaufträgen, was weiß ich. Hier!«

Margit blickte über Max' Schulter. Neben einem üppigen Vorrat an Dannemännern stand eine offene Pappschachtel, etwas kleiner als ein Schuhkarton. In der Schachtel lag ein öliger Lappen.

»Darin bewahrt er normalerweise seine Pistole auf«, sagte Max.

Margit schauderte.

»Was hast du?« fragte Max.

»Ich finde das alles unheimlich«, sagte sie und zog erneut die Schultern hoch, als fröstele sie.

»Ist bald vorbei.« Max gab ihr einen flüchtigen Kuß und knöpfte sich die nächste Schublade vor.

Ein Terminkalender, Schreibutensilien, Korrespondenz mit Hinz und Kunz, aber nicht, was er suchte. Die unterste Lade. Ein Reiseführer Florida mit Sonderteil Orlando, ein Handbuch MS-Word 4.0, Tesaband, Pritt, selbstklebende Notizzettel und jede Menge anderer Kram.

Die linke Seite des Schreibtischs war mit einer Rollade versperrt. Max brauchte fast eine Minute, bis er das Schloß geknackt hatte. Dann rauschte die Rollade lärmend nach unten.

Zwei Aktenordner. Hauptsächlich Verträge und Vertragsentwürfe. Versicherungspolicen für alles mögliche, bezahlte und unbezahlte Rechnungen, der Leasingvertrag für den Jaguar.

Eine Etage tiefer eine Kiste voll Fotos. Private Schnappschüsse. Theo in Badehosen am Strand, Theo am Pool, einen Longdrink in der Hand, Theo in einem offenem Cadillac. Und immer Frauen dabei. Zumeist junge, in jedem Fall gut gebaut.

»Kriegt er nur bei Blondinen einen hoch?« fragte Margit.

»Aber auch bei denen nur, wenn sie jung sind«, sagte Max.

Ganz unten stand eine rechteckige Blechdose, die sich verzogen hatte, so daß sich der Deckel nicht abheben ließ. Max langte nach dem Brieföffner und setzte ihn unter dem Deckelrand an.

»Stop!« sagte Margit plötzlich.

Max hielt inne. »Was ist?«

»Hörst du nichts?«

Max lauschte. »Nein.«

»Vorne. Vor dem Haus.«

Jetzt. Ein kaum wahrnehmbares Motorgeräusch.

Max ließ von der Dose ab. »Ich seh mal nach.«

Er huschte aus dem Arbeitszimmer und über den Flur in Königs Schlafzimmer. Auch hier war Teppichboden verlegt, der die Schritte dämpfte. Max schob die Gardine ein Stück zur Seite.

Vor dem Haus rollte Arnos Enduro aus. Arno saß weit vorn, fast auf dem Tank. Dahinter klemmte Theo König, mit hochgeschlagenem Mantelkragen und ramponierter Dauerwelle. Als die Maschine zum Stillstand kam, kippte sie fast um, weil Arno Mühe hatte, mit den Füßen auf den Boden zu kommen. Kaum hatte er sie ausbalanciert, stieg König steif und ungelenk ab.

Max flitzte zurück ins Arbeitszimmer. »Beeilung! Er kommt.«

Margit reagierte sofort.

Perfekte Arbeitsteilung, auch ohne Abstimmung. Dose zurück ins Fach. Rollade hoch. Schubladen zu. Leselampe aus. Spots aus. Vorhänge auf. Raus aus dem Zimmer. Tür zu.

Sie waren noch auf dem Flur, als im Erdgeschoß die Haustür aufgeschlossen wurde. Eins, zwei, drei durch den Wintergarten. Schritte und Schnaufen auf der Wendeltreppe. Raus auf die Terrasse. Runter aufs Garagendach. Weiter abwärts auf die kleine Terrasse und über das Geländer.

Ein kurzer Blick. Arno war verschwunden. In Königs Schlafzimmer ging das Licht an.

Zügig, aber ohne Hast marschierten sie los. Erst auf der Kölner Straße, kurz vor dem Hindenburgplatz, erwischten sie ein Taxi.

Nachdem Max dem Fahrer das Fahrtziel genannt hatte, öffnete Margit ihre Tasche, nahm etwas heraus und hielt es Max hin. Eine Kette mit einem etwa fünfmarkstückgroßen Anhänger.

Max blieb die Spucke weg. »Woher hast du die?«

»Die war in der Dose«, sagte Margit. »Ich hab sie geöffnet, als du draußen warst.«

»Aber woher wußtest du, daß das Tanjas Kette ist?«

»Wußte ich zuerst auch nicht. Die Rückseite hat mich darauf gebracht.«

Max drehte den Anhänger um. Margit mußte ihm mit ihrem Feuerzeug leuchten. Die Gravur war in verschnörkelter Schreibschrift ausgeführt. »In ewiger Liebe – Henning.«

»Weißt du, was das bedeutet?« fragte Max.

»Ja«, sagte Margit. »König selbst hat Tanja umgebracht.«

Ein grauer windiger Morgen, der keine Lust auf irgendwelche Aktivitäten weckte, zumal das Fehlen etlicher Scheiben zu einer erkältungsträchtigen Durchlüftung des Hauses führte.

Max war todmüde. Er hatte gerade mal vier Stunden geschlafen. Trotzdem stand er auf. Margit schlief noch, vergraben unter dem Federbett.

In der Küche verscheuchte er erst einmal einige Zwerghühner, die um das abgestürzte Gewürzbord herum nach Eßbarem pickten. Eier, die nach Thymian schmeckten, das fehlte noch. Im Kühlschrank, der sich als Fels in der Brandung erwiesen hatte, fand er ein Stück Hartkäse und eine Dose Hannen. Ein Trümmerfrühstück.

Kaum qualmte die erste Selbstgedrehte, kam Wolle herein, Laub im Haar und Reisig am Pullover.

»Morgen.«

»Morgen. Du hast ja wirklich im Wald gepennt.«

Ohne zu fragen nahm Wolle einen Schluck aus der Bierdose. »Hab Olli gefragt. Können den Trecker heute noch mal haben. Dann ist aber Schluß.«

»Wie lange fährt man mit dem Ding nach Solingen?«

»Bis ins Getaway bestimmt zwei Stunden. Müssen ja quer durch die Stadt.«

»Dann sollten wir um vier los. Ein bißchen Reserve kann nicht schaden.«

»Ich brauch aber Geld«, sagte Wolle. »Muß Olli wenigstens den Diesel zahlen.«

»Die Einnahme von gestern Abend steckt in meiner Jacke«, sagte Max. »Die hängt im Wohnzimmer.«

Wolle kratzte sich hinterm Ohr. »Ich seh mal zu, daß ich die restlichen Fenster noch dicht krieg.«

»Mach das.«

Wolle ging, und Margit kam die Treppe herunter. Sie trug eines von Max karierten Flanellhemden und ihre Schuhe, um sich keine Scherben in den Fuß zu treten. Da Max auf dem einzigen unversehrten Stuhl saß, setzte sie sich auf seinen Schoß.

»Wir wären besser doch zu mir gefahren«, sagte sie nach einem Guten-Morgen-Kuß. »Da gäb's Kaffee.«

»Mir ist lieber, ich bin hier«, sagte Max. »Zur Zeit kann man ja nicht mal die Tür abschließen.«

Die Bestätigung folgte umgehend, denn plötzlich trat Ullmann in die Küche, den Hut in der Hand. »Guten Morgen. Störe ich?«

Max lehnte sich zur Seite, um an Margit vorbeisehen zu können.

»Sind Sie zu Fuß? Ich hab keinen Wagen gehört.«

»Der Kollege hat mich oben an der Straße rausgelassen. Er hat noch was zu erledigen. In einer halben Stunde holt er mich wieder ab.«

Margit rutschte von Max' Knien, und Max stand auf.

»Gehen wir ins Wohnzimmer«, sagte er. »Da zieht's zwar, aber dafür gibt's genug Sitzplätze.«

Ullmann bekam den Sessel. Max und Margit setzten sich auf das Sofa. Margit schlang eine Wolldecke um ihre Beine, und Max mußte die Feuerzeugflamme mit der Hand abschirmen, als er sich eine neue Zigarette ansteckte.

Ullmann schlug den Mantelkragen hoch und kam sofort zur Sache. »Sie können sich sicher meine Überraschung vorstellen, als mich mein Büro heute morgen um sechs Uhr zu Hause anrief und mir mitteilte, daß Frau Herrmanns und Sie vergangene Nacht eine Pistolenkugel im Präsidium am Waidmarkt zur erkennungsdienstlichen Untersuchung abgegeben haben.« Er straffte sich. »Meine Überraschung und Verärgerung.«

»Verärgerung?« Max setzte automatisch seinen Dackelblick auf.

»Jawohl, Verärgerung«, sagte Ullmann und machte ein entsprechendes Gesicht. »Weil Sie mir bei unserer gestrigen Unterredung doch etwas verschwiegen haben.«

»Gestern hatte ich keine Beweise.«

»Aber heute glauben Sie, welche zu haben.«

»Kein Glaube. Gewißheit. Was hat die Untersuchung der Kugel ergeben?«

Ullmanns Finger trommelten einen beunruhigenden Rhythmus auf die Sessellehnen. »Später. Ich will erst einmal die ganze Geschichte hören. Und vergessen Sie nicht wieder die Hälfte.«

»Womit soll ich anfangen?« Egal, wohin Max den Rauch auch blies, immer wehte er Ullmann ins Gesicht. Also drückte er die Zigarette aus.

Ein kurzes dankbares Nicken war die Belohnung. »Das überlasse ich Ihnen.«

Max schlug die Beine übereinander und startete bei Adam und Eva. Beziehungsweise damit, aus welchen Gründen Bombay Black den Managervertrag mit Theo König nicht verlängern wollte. Dann folgten in chronologischer Reihenfolge die Ereignisse der letzten sieben Tage, zumindest soweit sie Ullmann unbekannt waren und ihn etwas angingen. Den Schlußpunkt bildete das nächtliche Eindringen in Königs Haus, wobei Max den Fund der Halskette nebst Anhänger zunächst aussparte. Ullmann hörte konzentriert zu, stellte keine Zwischenfragen und machte sich auch keine Notizen.

»Sie verdächtigen Ihren ehemaligen Manager also, Sie mit dem Pornoschmuggel in eine Falle gelockt zu haben, um Sie finanziell zu ruinieren. Des weiteren, Ihnen einen Geldeintreiber auf den Hals gehetzt zu haben, der dann im Übereifer Ihr Heim in die Luft jagte. Zusätzlich beschuldigen Sie ihn des zweifachen Mordes. An Tanja Werner und an Josef Conradi.« Ullmann machte ein Gesicht wie ein Fragezeichen. »Und das alles wollen Sie beweisen?«

Max überfiel ein Kribbeln am ganzen Körper. »Was hat die ballistische Untersuchung ergeben?«

Ullmann schürzte die Lippen. »Positiv. Die Kugel, die Sie abgeliefert haben, wurde aus der gleichen Waffe abgefeuert, aus der der tödliche Schuß auf Conradi abgegeben wurde. Die dazugehörige Waffe ist auf Herrn König registriert.«

Margit griff nach Max' Hand und drückte sie.

»Mußten Sie es so spannend machen?« fragte Max und strahlte. »Damit haben wir ihn doch.«

»Nichts haben wir«, sagte Ullmann schroff. »Gar nichts.«

Max verstand nicht. »Was reden Sie da? Das ist doch der Beweis.«

»Nein, das ist er nicht.« Ullmann entnahm der Innentasche seines Mantels ein Blatt, entfaltete es, überflog es kurz und steckte es wieder weg. »Die Waffe, um die es hier geht, wurde Herrn

König am Freitag, dem zweiten September, in der Zeit zwischen vierzehn und sechzehn Uhr bei einem Einbruch in seinem Haus gestohlen. Eine entsprechende Anzeige liegt der Polizeiwache Refrath vor. Was sagen Sie nun?«

Max war, als schwanke der Boden unter seinen Füßen. »Das hat er getürkt! Er hat den Diebstahl vorgetäuscht, damit er ungestraft herumballern kann.«

»Beweisen Sie ihm das«, sagte Ullmann kühl. »Für die Zeit des Einbruchs hat Herr König ein hieb- und stichfestes Alibi. Eine geschäftliche Besprechung bei der GEMA. Vier Zeugen, die das bestätigen.«

»Wer hat den Einbruch entdeckt?«

»Seine Putzfrau. Sie kommt jeden Freitag. An dem bewußten Tag hatte sie um viertel nach zwei einen Termin bei ihrem Hausarzt. Als sie um sechzehn Uhr zurückkam, hat sie die eingeschlagene Scheibe bemerkt.«

»Und gestohlen wurde nur die Pistole, sonst nichts?«

»So ist es.«

»Das stinkt doch zum Himmel! Riechen Sie das denn nicht?«

»Natürlich rieche ich das«, sagte Ullmann überraschenderweise. »Aber das nützt nichts. Ich muß es beweisen können.«

Max fingerte Tanjas Schmetterlingsanhänger aus der Hosentasche und hielt ihn Ullmann hin. »Wie wäre es damit?«

Ullmann begutachtete das Schmuckstück von allen Seiten und las, was eingraviert war. Dann warf er es auf den Tisch. »Woher haben Sie die Kette?«

Max sagte es ihm. Ullmann zuckte mit keiner Wimper.

»Reicht das noch immer nicht?« fragte Max.

Ullmanns Stimme war sehr leise, dafür um so eindringlicher. »Sie haben es vermurkst, Herr Hellenrath. Hätten Sie mir gestern die Wahrheit gesagt, hätten wir Königs Haus durchsuchen können und die Kette gefunden. Dann hätten wir wirklich was in der Hand gehabt.«

»Es ist doch völlig wurscht, wer die Kette gefunden hat. Fakt ist, daß sie in seinem Schreibtisch lag.«

Ullmann beugte sich vor. So weit es ging, ohne aus dem Sessel zu kippen. »Kapieren Sie es denn noch immer nicht? König wird behaupten, sie hätten ihm die Kette untergeschoben.«

»Absurd!«

»So? Sie haben scheinbar völlig vergessen, daß Sie nur auf Kaution entlassen sind.« Ullmann schlug sich mit der flachen Hand vor die Stirn. »Sie Amateur! Ihre Glaubwürdigkeit befindet sich auf dem Nullpunkt. Für den Staatsanwalt sind Sie nach wie vor der Verdächtige Nummer eins.«

Margit, die bisher gar nichts gesagt hatte, stöhnte auf. »Mein Gott, dann war alles umsonst?«

»Völlig«, sagte Ullmann. »Ich werde Herrn König vorladen, ihm ein paar Fragen stellen, er wird seine Antworten geben, und dann geht er wieder nach Hause. Und mit dem Protokoll kann ich mir dann den Hintern abwischen.«

Schweigen. Hoffnungsloses auf dem Sofa. Verärgertes im Sessel.

Bis Margit plötzlich sagte: »Nein, so nicht. Wir stellen ihm eine Falle. Und ich weiß auch schon, wie.«

»Eine Falle?« fragten Max und Ullmann gleichzeitig.

»Eine Falle«, sagte Margit mit Nachdruck.

Und dann berichtete sie, welchen Plan sie hatte.

... we are goin' far, far, far
up there to the sparklin' star
bells of freedom in the sky
energy cracks into the night.

Das Getaway in Solingen-Ohligs kochte.

Spots aus und Bühnenbeleuchtung an. So sparsam wie im Kino während der Vorführung. Konservenmusik überwucherte den abebbenden Applaus.

Totale Hektik beim Abbau. Randy Hansens Roadies standen schon auf dem Sprung. In zehn Minuten sollte der Aufbau für den Star des Abends beginnen. Die Stoppuhr lief. Nach neun Minuten und fünfzig Sekunden hatten Max, Chico und Curd es geschafft.

Es war kurz nach zehn. Sie standen in der Einfahrt zwischen dem Bühneneingang und dem Wohnwagen, der Hansen als Garderobe diente. Die Musik kam aber nicht aus dem Camper, sondern von den Blechen der Abluftanlage, die im Luftstrom klapperten. Im Hintergrund ragte der gemauerte Schornstein der ehemaligen Brauerei Beckmann wie ein feindlicher Bergfried in den nächtlichen Himmel. Neben dem Schornstein stand ein VW Kasten mit dem Schriftzug einer Bäckerei.

»Was bist du denn so zappelig?« fragte Curd. »Kennt man gar nicht von dir.«

»Weiß auch nicht«, sagte Max und hörte auf, nervös auf der Stelle zu treten. »Muß wohl am Wetter liegen.«

»Ist doch bombig«, sagte Chico.

Auf dem Parkplatz gegenüber ließ Wolle Ollis Traktor an. Er umkurvte Königs frischbereiften Jaguar und Arnos Leih-Enduro, die nebeneinander vor der Waschstraße abgestellt waren, verschwand kurz aus dem Blickfeld und tauchte Sekunden später vor dem Tor wieder auf. Zweimal vor und zurück, und der Pritschenanhänger ragte in die Einfahrt.

Wolle kam nach hinten und klappte die Ladebordwand runter. »Rauf mit dem Krempel.«

»Nun mach bloß keine Hektik«, sagte Chico.

»Was heißt hier Hektik? Ich will nach Hause.«

»Keinen Bock auf Randy?« fragte Curd. »Geht gleich los.«

»Wird mir zu spät«, sagte Wolle und lud die erstbeste Box auf. Unwillig packten die drei mit an. Sie hatten nicht einmal die Hälfte verstaut, als die Tür zum Bühneneingang aufgedrückt wurde. Arno kam als erster heraus, in seiner üblichen Motorradkluft. Hinter ihm tauchte König auf, ganz in schwarz. Schwarze Schuhe, schwarzer Kammgarnanzug, schwarzer Rolli, schwarzes Zigarillo. In Verbindung mit seinem verlebten Gesicht eine Erscheinung wie ein Pastor, der es mit den Gelübden nicht ganz so genau nimmt.

Arno riß sofort seine funkelnagelneue Canon hoch. Blitze zuckten.

Max hielt eine Hand vor die Linse. »Du solltest den Gig knipsen, nicht die Maloche.«

»Hab ich doch. Das ist schon der vierte Film.«

König stopfte die Hände in die Hosentaschen und fragte: »Wo bleibt denn der große Meister?«

»Willst du dich als Manager anbiedern?« fragte Chico. »Dann mußt du aber erst 'nen Englischkurs belegen.«

»Quatsch!« Das Zigarillo zuckte nach oben. »Aber ein Shakehands ist doch selbstverständlich.«

Als hätte er gehört, daß von ihm die Rede war, kam Hansen aus dem Wohnwagen, die Fender unter dem Arm.

»Great job«, sagte er und klatschte die Hände der drei Bombays ab. »See You later.«

»Hau rein!« sagte Max.

Hansen spazierte an Königs ausgestreckter Rechten vorbei und verschwand im Bühneneingang. König überspielte die Situation dickfellig wie immer.

»Netter Kerl«, sagte er und beschäftigte seine verschmähte Rechte, indem er den Autoschlüssel aus der Sakkotasche nahm. »Nur kleiner, als er auf Fotos wirkt.«

Da alle Hansen nachblickten, fiel niemandem auf, daß eine weitere Person aus dem Wohnwagen kletterte. Erst als sie sich zwischen Max und Chico stellte, wurde sie bemerkt.

Tanja war auferstanden.

Selbst Max, der wußte, was geplant war, kippte beinahe aus den Stiefeln. Christine und Gina hatten perfekte Arbeit geleistet. Christine hatte ihr die Haare blondiert und in der Art hochgesteckt, wie Tanja sie zuletzt getragen hatte. Gina, die eigentlich gelernte Schneiderin war, hatte nach Max' Angaben ein lila Kleid geschneidert, das Tanjas bis auf den letzten Faden glich. Der Stoff war zwar etwas dünner und fiel weicher, aber das tat der Wirkung keinen Abbruch. Dazu Combat Boots, lila Strümpfe und Tanjas Kette mit dem Anhänger.

»Hallo«, sagte Margit und spielte mit dem Anhänger, als sei sie verlegen.

Wolle, der einzige in der Runde, der Tanja nicht gekannt hatte, sagte: »'n Abend, Margit.«

Curd und Chico bekamen Maulsperre, was Max jedoch nicht mitbekam, da er sich ganz auf König und seine Reaktion konzentrierte. In Königs Zügen spiegelte sich für einen Augenblick Überraschung, vielleicht auch Neugier. Das war aber auch schon alles. Kein Schock. Kein Schrei. Kein Starren. Nicht einmal Unruhe.

Ohne daß es irgendwie gezwungen wirkte, sah König auf seine Armbanduhr und sagte: »Ich werd mal wieder reingehen. Wird langsam Zeit.«

Max verstand die Welt nicht mehr. Dabei hätte er seine Strat darauf verwettet, daß König beim Anblick von Tanjas Ebenbild die Augen aus dem Kopf springen würden. Und erst recht beim Anblick des silbernen Schmetterlings, den er ja nach wie vor in seinem Schreibtisch vermuten mußte. Und dann diese völlig normale Reaktion.

Kurzer Blickkontakt mit Margit, die noch immer den Anhänger befummelte. Auch sie signalisierte Unverständnis und Enttäuschung. Max wollte seinen Blick schon von ihr wenden, als er bemerkte, wie ihre Züge plötzlich geronnen.

Sein Kopf flog zurück zu König. Aber der hatte sich schon abgewandt und steuerte auf den Bühneneingang zu. Und dann fiel Max' Blick auf Arno, den er bisher überhaupt nicht beachtet hatte.

Arno.

Arno.

Leichenblaß. Mit flatternden Lidern und bebenden Lippen. Die Kamera umklammert, als wolle er sie zermalmen.

Arno!

Er mußte Max' Blick gespürt haben, denn plötzlich starrten sie sich an. Bis Arnos Blick wieder zu Margit huschte. Dann wieder zu Max. Dann wieder zu Margit. Hin und her, bis er letztendlich bei Max hängenblieb. Hängenblieb, weil Arno kapierte. Kapierte, daß er sich verraten hatte.

Und dann ging alles rasend schnell. Wie im Zeitraffer.

Arno riß sich die Kamera vom Hals und schleuderte sie nach Max. Max duckte sich, und die Cannon krachte gegen den Wohnwagen. Als er wieder hochkam, war Arno verschwunden.

König, der den Griff der Bühneneingangstür bereits in der Hand hatte, drehte sich um. »Was läuft denn hier ab?«

»Da rennt er!« rief Margit und zeigte auf die Straße.

Gleichzeitig flammten die Scheinwerfer des vermeintlichen Bäckereilieferwagens auf, und der Wagen schoß heran. Er mußte aber sofort wieder bremsen, weil die Einfahrt blockiert war.

Ullmanns Stimme dröhnte über Megaphon. »Hier spricht die Polizei! Fahren Sie den Traktor aus dem Weg!«

Max sprintete um den Pritschenanhänger herum. Als er über die Straße lief, stand Arno bereits auf den Fußrasten der Enduro und trat den Kickstarter. Der Motor kam, und die Enduro schoß mit einem Wheelie davon. Runter vom Parkplatz und auf die Kottendorfer Straße in Richtung Bahntrasse.

Max rannte zurück. Wolle versuchte vergeblich, den Traktor anzulassen. Theo König quetschte sich gerade zwischen Anhänger und Torpfosten durch.

»Deinen Autoschlüssel!« schrie Max ihm zu.

»Was?«

»Den Autoschlüssel!«

König wollte seine rechte Hand zurückziehen, aber Max war schneller. Grapschte den Schlüssel und fegte wie ein geölter Blitz zurück zum Parkplatz.

»Max!« rief König. »Mach doch keinen Scheiß!«

Zu spät. Max sperrte den Jaguar auf und turnte hinein. Er warf den Motor an und riß den Wählhebel nach hinten. Dann fährt das Ding, das wußte er. Der Jaguar machte einen Satz und schoß schleudernd über den Grünstreifen auf die Straße. Von Arno war nichts mehr zu sehen.

Die Beschleunigung war enorm. Die Verzögerung auch. Einlenken und um die Kurve in die Bahnstraße. Liebe Güte, ging die Lenkung leicht. Kein Vergleich mit Margits Ente. Kurz auf's Gas und sofort wieder auf die Bremse, denn die Ampel stand auf rot.

Welche Richtung hatte Arno genommen? Geradeaus? Rechts? Links?

Links, entschied Max und schiß auf die Ampel. Die empörte Hupe eines kreiselnden Kleinbusses. Unter der Unterführung hindurch. Linksknick. Rechtsknick. Eine lange Gerade. Kein Verkehr. Volle Pulle.

Links huschte eine neonblaue Leuchtreklame vorbei. Mannesmann Kronprinz. Kaum zu erkennen, denn der Jaguar war auf hundertzwanzig.

Verdammt, wo war Arno?

Eine Kreuzung, die Ampeln auf rot. Außerdem stand ein Bus im Weg. Max wechselte auf die Gegenfahrbahn und klammerte sich ans Lenkrad. Er schloß die Augen.

Kreischende Reifen. Protestierende Hupen. Aber kein Crash. Augen wieder auf und weiter. Aber Arno war nicht zu sehen.

Vor ihm zwei Schleicher. Am ersten schoß Max links vorbei. Kein Problem. Am zweiten rechts. Schon schwieriger. Trotzdem, es lief prächtig. Wie früher auf dem Auto-Scooter.

Wieder freie Bahn und rauf auf hundertdreißig. Aber nur kurz, denn voraus tauchten schon wieder rote Ampeln auf.

Doch diesmal hatte Max nichts dagegen, denn unmittelbar davor leuchtete ein einzelnes Bremslicht auf.

Zu früh gefreut. Arno entdeckte den Jaguar, bevor Max auf Schlagdistanz war, und die Hatz ging weiter. Allerdings mit Vorteilen für Max. Erstens wußte er jetzt, daß er die richtige Richtung eingeschlagen hatte. Zweitens hatte er Sichtkontakt, auch wenn Arno nach wie vor knapp hundert Meter Vorsprung hatte.

Am Café Palladion rechts ab, die Wiedenkamper Straße runter. Ein paar ekelig enge Kurven. Schwer zu nehmen. Max schwitzte trotz der Servolenkung. Im Tal gingen die Federn des Jaguar auf Anschlag. Die Kurven bergauf waren noch heikler. Max nutzte die volle Straßenbreite und holte auf. Aber nur bis zur Einmündung der Kleinenberger- auf die Beethovenstraße, denn da erwischte Arno die Ampel noch bei gelb.

Max stoppte, tastete sich vor. Kein Querverkehr. Er schlug nach links ein und gab Gas. Zuviel Gas. Der Jaguar drehte sich.

Max hatte Glück im Unglück. Nach Beendigung der Pirouette zeigte der Kühler in Richtung Innenstadt. Vollgas. Links eine Autowerkstatt namens Rost. Sachen gibt's.

Mit Tempo hundert über die nächste Kreuzung ünd über die dazugehörige Kuppe. Der Jaguar hob ab. Wie der Auslauf einer Sprungschanze lag die Weyersberger Straße unter Max. Neujahrsspringen im September. Da unten fuhr Arno.

Die Landung war fürchterlich. Die Karosse krachte auf's Pflaster, wie man es von TV-Verfolgungsjagden in San Francisco kennt. Max' Rückgrat wurde zusammengestaucht, daß er jaulte. Aber der Wagen blieb auf Kurs, obwohl das Lenkrad seltsam schief stand.

Am Turmzentrum vorbei bergauf. Blöde Kurven. Zweimal über die Bordsteinkante. Und schon wieder ein Opel-Bonsmann, wie gegenüber vom Getaway.

Die Innenstadt war hell erleuchtet. Grüne, gelbe, rote Ampeln. Einerlei. Autos, Busse, Fußgänger. Max umkurvte alle. Er fuhr wie im Rausch.

Rechts herum. Ufergarten. Entenpfuhl. Werwolf. Schützenstraße. Leicht bergauf. Arnos Vorsprung schrumpfte wieder. Schrumpfte mehr und mehr. Schließlich betrug er kaum noch zwanzig Meter.

»Gleich bist du dran!« schrie Max.

Irrtum. Arno hielt den Vorsprung, baute ihn sogar wieder aus. Die Schützenstraße näherte sich ihrem Ende. Gleich würde die Entscheidung fallen. Richtung Remscheid oder Burg. Egal.

Entweder fehlte Arno die Ortskenntnis oder er war einfach zu schnell. Er schaffte weder den Linksabbieger nach Remscheid noch den Rechtsknick nach Burg. Wild auf dem Motorrad herumturnend konnte er mit Ach und Krach einen Besuch im Restaurant Olympia vermeiden und schoß in die Schaberger Straße. Max raste hinterher, was einem am Straßenrand geparkten Golf die Zierleisten und den Rückspiegel kostete.

Die Straße fiel ab und wurde schmaler. Arno wurde langsamer. Max auch. Eine einspurige Brücke. Neunzig Grad rechts, sehr eng. Der Jaguar kam fast zum Stehen. Kurz bergab. Rechts der Bahnhof Schaberg.

Und plötzlich schmierte die Yamaha ohne ersichtlichen Grund weg und schlidderte funkensprühend gegen einen postgelben Passat Kombi, der in der Zufahrt zum Café Merlin stand. Max trat voll auf die Bremse. Wählhebel auf P wie Pause. Tür auf und raus.

Aber da war Arno schon wieder auf den Beinen und zwängte sich durch die Hecke, die die Bahnstrecke von der Straße trennte. Max spurtete hinterher und blieb im Gestrüpp hängen. Er fluchte und riß sich los. Als er endlich zwischen den Gleisen stand, hatte Arno fast fünfzig Meter Vorsprung herausgelaufen.

»Okay«, sagte Max und setzte sich in Bewegung. »Du bist vielleicht der bessere Sprinter, aber auf Distanz hab ich dich noch immer geschlagen.«

Nach wenigen Metern hatte Max seinen Rhythmus gefunden. Etwas kürzere Schritte als gewohnt, aber so konnte er sich immer mit dem rechten Bein auf den Schwellen abstoßen. Sah ein bißchen seltsam aus, war aber effektiv. Jedenfalls effektiver als Arnos Laufstil, zumal der sich auch noch ständig umblickte.

Meter um Meter verkürzte Max die Distanz.

Die Müngstener Brücke.

Wie Arno wechselte Max nach außen ans Geländer. Die Stahlplatten dröhnten unter seinen Stiefeln.

Gleichmäßig atmen, sagte Max sich, gleichmäßig atmen.

Es fiel ihm zunehmend schwerer. Aber auch Arno hatte zu kämpfen. Belastete mal mehr das eine Bein, dann das andere. In immer kürzeren Wechseln. Schließlich griff sich Arno in die Seite. Er trabte noch bis zur Mitte der Brücke, dann ging auch das nicht mehr.

Max ging in den Endspurt. Noch fünfundzwanzig Meter. Noch zwanzig. Noch fünfzehn.

Arno drehte sich um, riß den rechten Arm senkrecht hoch und brüllte etwas, das Max nicht verstand. Dann krachte ein Schuß in die Luft. Max bremste so heftig ab, daß er beinahe stürzte. Keine zehn Meter trennten sie voneinander.

»Komm nicht näher!« schrie Arno stoßweise. »Sonst knall ich dich ab!«

Max beugte den Oberkörper vor, stützte die Hände auf die brennenden Oberschenkel, behielt Arno aber im Auge. Arno lehnte mit dem Gesäß am Geländer. Keuchte. Spuckte aus.

Max richtete sich langsam wieder auf.

»Keinen Schritt weiter!« schrie Arno und zielte auf Max.

Max hob abwehrend die Hände. »Was soll das, Arno? Leg die Knarre weg.«

Arno japste. »Ich hab nichts mehr zu verlieren.«

»Nur dein Leben«, sagte Max.

»Mein Leben?« Arno lachte. »Das ist doch eh verpfuscht!«

Max machte einen winzigen Schritt auf ihn zu. »Warum hast du Tanja umgebracht?«

Arnos Geste konnte alles bedeuten. In erster Linie wohl Verzweiflung. »Das war ein Unfall. Einfach ein beschissener Unfall.«

»Ein Unfall? Du hast ihr ein Messer ins Herz gestoßen.«

»Trotzdem war's ein Unfall. Ich wollte es nicht. Das Messer hatte ich auf einmal in der Hand. Ich weiß selbst nicht, wie.«

»Erzähl's mir.«

Arno hieb mit der Pistole auf das Geländer. Max hatte das Gefühl, daß die gesamte Brücke in Schwingung geriet. »Daß das passiert ist, hat sie sich selbst zuzuschreiben. Was mußte sie auch schreien.«

»Sie hat geschrien?« Ein weiterer Schritt.

»Wie eine Furie.« Arno stieß sich den Lauf der Pistole vor die Brust. »Nannte mich einen dreckigen kleinen Spanner.«

»Warum?« fragte Max.

Arno umging die Frage. »Anfangs lief es ganz gut. Nachdem du weg warst und sie allein an der Theke stand, hab ich sie angesprochen. Ich fand sie sehr nett, und wir haben uns gut unterhalten. Sie hat sich für meine Arbeit interessiert. Fand toll, was ich mache. Und dann wollte sie sich umziehen. Sie war ja total durchnäßt. Chico hatte ihr gesagt, im Wagen seien trockene Klamotten.« Arno stieß ein heiseres Bellen aus. »Weiß der Teufel, was mich geritten hat, ihr nachzugehen.«

»Sie war sehr schön«, sagte Max und schob sich erneut ein Stück vor.

»Ja«, sagte Arno. »Das war sie.«

»Wie lief es weiter?« Wieder ein Schritt.

»Sie entdeckte mich, nachdem sie sich das Kleid ausgezogen hatte. Halbnackt wie sie war, hat sie die Tür aufgemacht und mich beschimpft. Ich hab ihr gesagt, sie soll still sein. Aber sie hat immer weiter gezetert, wollte überhaupt nicht mehr aufhören. Da bin ich rein in den Wagen und hab ihr den Mund zugehalten.«

»Sie hat sich gewehrt, und auf einmal hattest du das Messer in der Hand.«

»Genauso war's.« Arno stützte sich mit den Unterarmen auf das Geländer und ließ den Kopf hängen. »Weiß Gott, Max, ich würd sonst was dafür geben, wenn ich das ungeschehen machen könnte.«

Diesmal ein etwas größerer Schritt. Vielleicht noch sechs Meter. »Was war mit Conradi?«

Arno wandte sich wieder Max zu. »Das Schwein hat mich erpreßt. Er ist an dem Abend um das AJZ geschlichen und hat mich gesehen. Zwei Tage später tauchte er bei mir auf und wollte Geld.«

»Hast du gezahlt?«

»Er wollte fünftausend. Woher sollte ich die nehmen? Außerdem kommen solche Typen immer wieder. Bis du dein letztes Hemd los bist. Da bin ich auf die Idee gekommen, Theo die Sache anzuhängen. Hab ich nicht gerne getan, aber was Besseres ist mir nicht eingefallen. Schließlich hatte er schon mal einen Prozeß wegen Verführung Minderjähriger am Hals.«

»Du hast ihm die Kette untergeschoben, die du Tanja abgerissen hattest, und gleichzeitig hast du ihm die Pistole geklaut.« Ein Schritt. »Wieso hast du die Halskette eigentlich mitgenommen?«

»Daß ich sie in den Fingern hatte, hab ich erst bemerkt, als ich schon wieder ausgestiegen war.«

»Und wie bist du zu Irmgards Brustbeutel gekommen?«

»Wieso? Was soll mit dem Brustbeutel sein?«

»Den haben die Bullen hinter dem AJZ gefunden.«

»Ach, da ist er geblieben.« Arno lächelte. »Den hat sie mir vor zwei Jahren zum Geburtstag geschenkt. Hab ihn gerne getragen. War praktisch.«

»Was war mit der Bombe?«

Arno winkte energisch ab. »Damit hab ich nichts zu tun, Max. Ehrlich. Die hat euch sonstwer in den Wagen gelegt.«

Jeder halbwegs geschickte Heimwerker konnte so eine Bombe bauen, hatte Ullmann gesagt. Arno konnte nicht mal zwei Bretter zusammennageln. Max glaubte ihm.

»Wie soll es jetzt weitergehen?« fragte Max und machte erneut einen Schritt. »Hört sich zwar blöd an, aber hast du irgendwelche Pläne?«

Arno warf einen Blick über das Geländer. »Wie hoch ist die Brücke eigentlich?«

Max sah auch hinab. Nichts als Schwärze. »Mehr als hundert Meter.«

»Wenn man da runter springt, ist man tot«, sagte Arno müde.

Max überlief ein Schauder. Die Wupper. Sauce für den Teufel. Wer hatte das noch gesagt? Else Lasker-Schüler?

Zu Arno sagte er: »Selbst wenn du in die Wupper klatschen solltest, der Bach da unten ist giftig. Und schwimmen kannst du auch nicht.« Noch ein Schritt. »Stell dich, Arno.«

»Für das, was ich gemacht habe, krieg ich lebenslänglich.« Arno klang kläglich. »Das würde ich nicht aushalten, Max. Du weißt doch, Easy Rider brauchen frische Luft.«

Langsam, ein Bein nach dem anderen, stieg er über das Geländer. Als er drüben war, wechselte er die Pistole in die linke Hand.

Max bewegte sich.

»Bleib stehen, verdammt!« schrie Arno.

Max verharrte erneut. Ihne trennten nur noch drei Meter von Arno.

»Ich würde es nur verdammt ungern tun, Max, aber ich erschieß dich, wenn's sein muß. Also bleib, wo du bist.«

»Laß mir wenigstens die Knarre da«, sagte Max.

»Wozu?«

»Als Beweismittel. Alles, was du mir eben erzählt hast, könnten mir die Bullen als Phantasterei auslegen. Aber mit der Pistole und deinen Fingerabdrücken drauf ... «

»Okay«, sagte Arno. »Geh einen Schritt zurück, und ich leg sie auf's Geländer.«

Max machte einen viertel Schritt rückwärts. »Aber sei vorsichtig. Nicht, daß sie doch noch runterfällt.«

»Ja, doch.«

Arno legte die Pistole ab. Sie kippelte. Er mußte nachgreifen.

Max stürzte vorwärts. Bevor Arno reagieren konnte, packte Max ihn an den Aufschlägen und zog ihn dicht ans Geländer. Für Sekunden standen sie sich hautnah gegenüber. Auge in Auge. Wortlos.

Dann grinste Arno und machte einen Schritt rückwärts.

»Nein!« schrie Max.

Er mußte loslassen. Sofort. Zu spät.

Arnos Gewicht riß ihn von den Füßen und zog ihn über das Geländer. Jetzt ließ Max los. Er suchte strampelnd Halt. Vergeblich.

Er fiel. Ins schwarze Nichts.

Und schrie.

Donnerstag, 8. September

»... ereignete sich in einem Mehrfamilienhaus in der Pastor-Löh-Straße in Burscheid eine folgenschwere Explosion, bei der zwei Menschen ums Leben kamen. Bei den Opfern handelt es sich um die Eheleute Hedwig und Hans W. (44 und 45). Ausgelöst wurde die Explosion vermutlich durch einen von Hans W. in Eigenarbeit herstellten Sprengkörper. Die Kriminalpolizei schließt einen Zusammenhang mit dem am 5. September in Dabringhausen verübten Anschlag auf den Musiker Max H. nicht aus (wir berichteten). Die Ermittlungen dauern an.«

Margit faltete die Tageszeitung wieder zusammen und legte sie aufs Fußende des Bettes. »Arme Sonja. Bei allem, was ihr Stiefvater ihr angetan hat – die gesamte Familie innerhalb von zwei Wochen zu verlieren, ist hart.«

»Kümmer dich ein bißchen um sie«, sagte Max gepreßt, weil er wegen des strammen Brustverbandes nur flach atmen konnte. »Und Arno? Hat man ihn gefunden?«

»Ungefähr einen Kilometer flußabwärts. Unterhalb der Akademie Remscheid. Er hatte nicht soviel Glück wie du.« Mit der Linken fuhr sie Max durchs Haar. »Meine Güte, wenn an dem Tag die Wartungsplattform woanders gehangen hätte ... «

»Mir reicht's auch so. Den linken Arm und fünf Rippen gebrochen, überall Prellungen und eine Gehirnerschütterung.«

»Aber du lebst«, sagte Margit.

Der anschließende Kuß stellte das eindrücklich unter Beweis. Weitere Beweise mußten vertagt werden, als es plötzlich klopfte, und Curd und Chico hereinkamen. Hallo und Händeschütteln. Da die beiden sich nicht abgesprochen hatten, bekam Max von jedem eine Flasche Smirnoff. Das Nachbarbett war unbelegt, und so setzten sie sich auf die Bettkante.

»Wann kommst du raus?« fragte Curd.

»Vielleicht zum Wochenende«, sagte Max. »Hängt vom Verlauf der Gehirnerschütterung ab. Den Rest kann ich zu Hause auskurieren.«

»Du wirst den Hof nicht wiedererkennen«, sagte Chico. »Wird komplett renoviert.«

Max' Blick flog vom einen zum anderen. »Und wer soll das bezahlen? Ich bin nicht versichert.«

»Theo«, sagte Chico.

Max richtete sich auf, so weit es seine Rippen zuließen. »Ihr habt doch wohl nicht ... «

»Beruhige dich«, sagte Chico, während Margit Max sanft zurück ins Kissen drückte. »Theo hat uns sämtliche Schulden erlassen und übernimmt zusätzlich die Renovierungskosten. Ohne jede Gegenleistung.«

»Das glaub ich nicht.«

»Er ist dir dankbar.«

»Theo weiß doch gar nicht, wie das geht.«

»Ist aber so«, sagte Chico. »Schließlich wollte Arno ihm die beiden Morde in die Schuhe schieben. Und du hast den Fall aufgeklärt.«

In Max' Gesicht spiegelten sich weiter Zweifel.

Um ihn auf andere Gedanken zu bringen, sagte Curd: »Chico und ich haben überlegt, ob wir über die ganze Geschichte nicht einen Song schreiben sollen.«

»Und ihn Tanja widmen«, sagte Chico.

»Daran hab ich auch schon gedacht«, sagte Max. »Und ich hab auch schon 'ne Idee. Was haltet ihr von ... «

Kaum hatte er den Refrain angestimmt, fielen Curd und Chico in den Rhythmus ein und schlugen den Takt auf ihren Oberschenkeln.

»Kommt gut«, sagten sie gleichzeitig.

Margit drückte ihm einen schmatzenden Kuß auf die Stirn, grinste und sagte: »Sing's noch einmal, Max.«

Und Max sang's noch einmal.

... she walks down
she walks down
down to poison river
she walks down
she walks down
to see what she could see ...

Köln-Krimis im Emons Verlag

TÖDLICHER KLÜNGEL
Köln-Krimi 1 von Christoph Gottwald
Paperback, 144 Seiten, ISBN 3-924491-01-1, 14,80 DM

DREIMAL NULL IST NULL
Köln-Krimi 2 von Frank Schauhoff
Paperback, 152 Seiten, ISBN 3-924491-03-8, 14,80 DM

LEBENSLÄNGLICH PIZZA
Köln-Krimi 3 von Christoph Gottwald
Paperback, 142 Seiten, ISBN 3-924491-07-0, 14,80 DM

YELLOW CAB
Köln-Krimi 4 von Uli Tobinsky
Paperback, 156 Seiten, ISBN 3-924491-10-0, 14,80 DM

DER SCHWARZGELDESSER
Köln-Krimi 5 von Frank Grützbach
Paperback, 204 Seiten, ISBN 3-924491-16-X, 16,80 DM

TOD IN DER SÜDSTADT
Köln-Krimi 6 von Rüdiger Jungbluth
Paperback, 160 Seiten, ISBN 3-924491-26-7, 14,80 DM

SCHMAHL
Köln Krimi 7 von Peter Meisenberg
Paperback, 146 Seiten, ISBN 3-924491-31-3, 14,80 DM

HUNDERT NÄCHTE LÖSEGELD
Köln-Krimi 8 von Rolf Hülsebusch
Paperback, 150 Seiten, ISBN 3-924491-36-4, 14,80 DM

KAMELLE
Köln-Krimi 9 von Ralf Günther
Paperback, 174 Seiten, ISBN 3-924491-39-9, 14,80 DM

MARIE MARIE
Köln-Krimi 10 von Christoph Gottwald
Paperback, 177 Seiten, ISBN 3-924491-46-1, 14,80 DM

Köln Krimi *Classic*

Köln wie es war. Die Krimis der Reihe Köln-Krimi-*Classic* laden ein zu einer Entdeckungsreise in Kölns Vergangenheit: von der Antike bis zu den 70er Jahren. Genaue Recherchen verknüpft mit Spannung und Witz lassen die alten Zeiten wieder lebendig werden. Nur die Toten bleiben tot.

NACHT ÜBER NIPPES
Köln-Krimi-*Classic* 1 von Edgar Noske
Paperback, 160 Seiten, ISBN 3-924491-45-3, 14,80 DM

Die 50er Jahre im Schieber- und Gaunermilieu der Domstadt. Wenn man da neben einer unbekannten Toten erwacht, ist das ganz schön häßlich. Was tun, wenn einem ein Mord angehängt werden soll, man sich an nichts erinnern kann, die Polizei einem als stadtbekanntem Schmuggler sowieso mißtraut, die Geliebte einen verlassen will und die Ex-Frau sich mit dem Obergauner liiert hat? Leo Saalbach muß den Mörder selbst suchen, wenn er nicht den Rest seines Lebens im Klingelpütz verbringen will.

TOD UND TEUFEL
Köln-Krimi-*Classic* 2 von Frank Schätzing
Paperback, 380 Seiten, ISBN 3-924491-59-3, 19,80 DM

Köln im September 1260: Jeder steht gegen jeden. Erzbischof und Bürger versuchen, einander mit allen legalen und illegalen Mitteln in die Knie zu zwingen. Jacop der Fuchs, Dieb und Herumtreiber, zeigt an den erzbischöflichen Äpfeln indes mehr Interesse als an der hohen Politik. Was ihm nicht gut bekommt: In den Ästen sitzend, wird er Zeuge, wie ein höllenschwarzer Schatten den Dombaumeister vom Gerüst in die Tiefe stößt. Er hat den Mord als einziger gesehen. Aber der Schatten hat auch ihn gesehen. Er heftet sich an Jacops Spuren und bringt jeden um, den Jacop einweiht. Als Jacop begreift, daß der Sturz vom Dom nur Auftakt einer unerhörten Intrige war, ist es fast schon zu spät ...